Le voisin,
Rosa,
les poissons
et moi

Catalogage avant publication de Bibliothèque et Archives nationales
du Québec et Bibliothèque et Archives Canada

Latulippe, Martine, 1971-

Le voisin, Rosa, les poissons et moi

(Émilie-Rose ; 1)
Pour les jeunes de 12 ans et plus.

ISBN 978-2-89591-141-8

I. Bergeron, Louise Catherine, 1958-   . II. Titre.

PS8573.A781V64 2012   jC843'.54   C2011-942359-6

PS9573.A781V64 2012

© 2012 Les éditions FouLire inc.
4339, rue des Bécassines
Québec (Québec) G1G 1V5
CANADA
Téléphone: (418) 628-4029
Sans frais depuis l'Amérique du Nord: 1 877 628-4029
Télécopie: (418) 628-4801
info@foulire.com

Les éditions FouLire reconnaissent l'aide financière du gouvernement du
Canada par l'entremise du Fonds du livre du Canada pour leurs activités
d'édition.

Elles remercient la Société de développement des entreprises culturelles du
Québec (SODEC) pour son aide à l'édition et à la promotion.

Elles remercient également le Conseil des Arts du Canada de l'aide accordée
à leur programme de publication.

Gouvernement du Québec – Programme de crédit d'impôt pour l'édition de
livres – gestion SODEC.

Émilie-Rose

Le voisin, Rosa, les poissons et moi

Martine Latulippe

À Mélina

PREMIÈRE PARTIE

Le voisin

Chapitre 1

La journée semble parfaite. Le genre de samedi où on sait que tout ira bien. Le soleil brille, je ne travaille pas, pas d'école non plus, évidemment, et je viens d'accomplir un exploit.

Bon, « exploit » peut sembler un terme un peu exagéré aux yeux de certains, mais n'empêche, je suis très fière de moi. Aujourd'hui, le samedi 23 avril, attention, tenez-vous bien: j'ai... J'AI MIS DE L'ESSENCE TOUTE SEULE POUR LA PREMIÈRE FOIS!!!

Je m'explique: j'ai 17 ans, j'ai passé mon permis il y a très peu de temps et chaque fois que j'emprunte la voiture de mes parents, je choisis soigneusement une station d'essence avec service pour faire le plein. Mais on dirait bien qu'il y en a de moins en moins... La dernière fois, je roulais, je roulais, et toutes les stations que je croisais affichaient fièrement : « LIBRE-SERVICE ». J'ai dû parcourir neuf kilomètres avant d'en trouver une avec service. Au prix où est l'essence, j'ai pensé qu'il était temps de prendre les choses en main. D'arrêter de faire des détours inutiles. D'accomplir un grand geste. Cette fois, pas de station avec service. Oh non !

En me levant, ce matin, je me suis dit que c'était le grand jour. Je devais faire quelques courses près de chez moi, rien de très excitant : aller chercher ma paye à la librairie de mon grand-père, où je travaille de temps en temps, passer au guichet, aller acheter du lait à la demande de ma mère. Une fois tout ça terminé, un voyant s'est mis à clignoter pour indiquer que la voiture allait bientôt manquer de carburant. Justement, pile à cet instant, je passais devant une station d'essence. C'était le moment ou jamais. J'ai pris mon courage à deux mains. J'ai tourné dans l'entrée du commerce, je me suis stationnée devant les pompes. L'affiche

« LIBRE-SERVICE » semblait me narguer. Mes doigts tremblaient un peu sur le volant. Mon cœur battait à grands coups. J'ai retiré la clé, je suis sortie, j'ai mis de l'essence. Tadam !

Bon. D'accord. Soyons honnête : ça n'a pas été aussi facile que ça. D'abord, je suis sortie du véhicule. J'ai essayé de prendre le pistolet, en vain. J'ai agité le tuyau, j'ai tiré sur tous les morceaux visibles. Rien ne se passait. Je commençais à être un peu gênée... Pour ajouter à la honte, après de longues minutes et plusieurs tentatives, la voix froide du commis s'est élevée dans le petit interphone. Il m'a expliqué comment activer la pompe. Je ne suis pas certaine, mais j'aurais parié qu'il soupirait... Visiblement, ses conseils ne suffisaient pas... puisque je n'y arrivais toujours pas. Il faut un diplôme universitaire pour actionner un réservoir à essence ou quoi ? Finalement, un autre client est venu m'aider. Je devais pousser une petite manette que je n'avais pas vue. J'ai clairement entendu le caissier rire dans l'interphone. J'étais humiliée, c'est vrai, mais j'avais quand même mis de l'essence dans la voiture, TOUTE SEULE (ou presque...), pour la première fois. C'est pas beau, ça ?

Le soleil d'avril brille joyeusement, une belle journée de congé m'attend, je suis terriblement fière et je retourne chez moi, tout heureuse, en faisant sauter les clés dans mes mains. Je sifflote. J'entre dans la maison. Mon père est assis à table, le nez plongé dans son journal. Je dépose les clés devant lui. Mon sourire est si grand qu'il déborde de partout. Papa lève la tête, me regarde d'un air interrogateur. Je chantonne :

– Devine ce que je viens de faire ?

– Hum... tu as aidé un sans-abri ? Tu as donné pour une bonne cause ? Tu...

Avant qu'il en rajoute, je me dépêche de déclarer :

– J'ai mis de l'essence. Moi-même.

– Ah bon, dit mon père. C'est bien.

Bien ? Ah. D'accord.

Je ne m'attendais pas à ce qu'il saute de joie, ou qu'il appelle toute la famille pour communiquer la bonne nouvelle, mais un «bravo», peut-être? Un regard fier? J'attends la suite, pour voir ce qui viendra après ce petit «Bien» tout froid. Rien. Il ne vient rien. Du tout, du tout, du tout. Mon père est retourné à la lecture de son journal. Comme si je n'avais pas parlé.

Mais je ne me laisse pas abattre. Ce samedi est trop beau. Tant pis. Je reste fière de moi. Je m'apprête à monter dans ma chambre, la tête haute, pour appeler Béa, ma petite Béatrice à moi, déclarée unanimement (par moi) meilleure amie de tous les temps depuis toujours, quand mon père relève soudainement la tête.

– C'est fascinant, Émilie-Rose, tu devrais lire cet article. Savais-tu qu'en Afrique, des femmes marchent parfois plusieurs kilomètres pour aller chercher de l'eau potable? Chaque jour, tu imagines? Quel exploit!

Je pousse un soupir terrible. Mon père a le don de nous ramener les pieds sur terre. J'ai compris. Oui, marcher des kilomètres pour se procurer, à soi et à sa famille, de l'eau potable, ça, c'est un exploit. Mes épaules s'affaissent. Je pousse un deuxième soupir, encore plus profond. Je monte l'escalier, les pieds un peu plus lourds. Je prends le téléphone. Je jette un œil par la fenêtre. Il me semble que le soleil brille moins, tout à coup.

J'appelle Béa, qui répond aussitôt d'une voix fébrile. Rien d'étonnant là-dedans : mon amie est carrément dépendante de son cellulaire. Elle ne peut pas s'en passer, je crois. Je la taquine souvent à ce sujet. On dirait qu'elle est née avec cet appareil greffé à la main. Mais je m'égare. Je disais donc : Béa répond immédiatement. Je grommelle :

– Salut, Béa ! Tu sais quoi ? Il paraît qu'en Afrique, des femmes...

– Attends, attends, Rosie ! me coupe mon amie. J'ai quelque chose à te dire avant. C'est trooooop *hot* ! Tu ne devineras jamais ce que j'ai fait ce matin ! Tu es assise ? Tiens-toi bien ! Écoute ça : J'AI MIS DE L'ESSENCE TOUTE SEULE !!!

Béa hurle carrément dans le téléphone. Je hurle tout autant :

– MOI AUSSI !!!

Le soleil se remet à briller. Nous nous racontons mutuellement notre expérience d'une voix surexcitée. Nous en avons pour de longues minutes à crier tour à tour. En bas, papa lit son journal. C'est vrai, je n'ai pas changé la planète, je n'ai sauvé personne aujourd'hui, je n'ai pas accompli de grandes choses. Mais je suis heureuse. J'ai accompli un exploit à mon échelle personnelle, j'ai la meilleure amie au monde et ce samedi est parfait.

Chapitre 2

Béa me fait une vingt-septième minuscule tresse. Elle est venue me rejoindre tout de suite après le souper et elle a pris, sur son chemin, deux films, des chips, quatre sacs de jujubes et une boîte de millefeuilles, mon dessert préféré... Depuis des années, une fois par mois, chez elle ou chez moi, quand nos parents sont absents, c'est notre soirée ciné. Elle est sacrée. Béa ferme même son téléphone cellulaire pendant nos traditionnels samedis. C'est dire combien ils sont importants!

Il est à peine 18 h 30, mais nous avons déjà mis nos pyjamas. J'ai aussi chaussé d'énormes pantoufles en forme de lapins roses. Et Béa me fait des dizaines de petites tresses pour donner un peu de volume à mes cheveux, comme elle dit. Demain, quand je les déferai, j'aurai l'impression d'avoir les cheveux frisés.

Toute la journée, depuis ma discussion avec mon père et sa réplique sur les femmes en Afrique, une idée m'a trotté dans la tête. Je demande soudain à mon amie:

– Tu sais ce que j'aimerais faire, Béa?

– Arrête de bouger, Rosie!

– Je pense que le temps est venu de prendre une vraie grande décision...

– Tu changes ta coupe?

Agacée, je réponds non.

– Tu te fais faire des mèches?

– Arrête, Béa! J'aimerais accomplir un véritable exploit, je te dis. Rendre mes parents fiers de moi. Avoir de l'impact. Je ne te parle pas d'un truc superficiel.

Elle secoue la tête comme si j'avais fait une déclaration horrible.

– Superficiels, nos cheveux!!! Alors que c'est la première chose qu'on remarque! Vraiment, Rosie... Pffft!

Je l'adore ! Béa a toujours le mot pour me faire rire. Pourtant, elle fait partie de toutes sortes de comités, je sais que c'est important pour elle de s'impliquer socialement, mais Béa dédramatise toujours tout. Quand je me pose de grandes questions existentielles, elle a le don de me rappeler qu'être une fille de 17 ans, c'est déjà pas mal compliqué ! C'est bien de vouloir sauver le monde, mais on a aussi droit au bonheur, comme elle se plaît à le répéter. Béa me fait deux autres tresses. La bouche crispée parce qu'elle tient des élastiques entre ses lèvres, elle grogne :

– Alors, ça y est, on reprend encore la même discussion... Tu me dis ça au moins une fois par semaine, Rosie... À quoi penses-tu, cette fois ? Qu'aimerais-tu faire ?

– Sais pas... Je veux devenir quelqu'un de déterminant, Béa. Changer le monde.

Ses yeux s'arrondissent. Ses sourcils se haussent. Elle s'esclaffe et crache accidentellement les élastiques dans mes cheveux.

– Wouhou! Super-Émilie-Rose! À la rescousse de l'univers!

Elle rit aux éclats.

– Je suis sérieuse, Béa.

Elle regarde attentivement mes tresses, mon pyjama et mes pantoufles en lapins.

– Mais je n'en doute pas, Rosie.

– J'ai envie de réaliser de grandes choses.

– Eh bien... tu as mis de l'essence toute seule, aujourd'hui! Ce n'est pas rien!

– Des choses importantes pour l'humanité.

– Oh.

Béa garde le silence un moment. Elle semble plongée dans ses réflexions. Elle me demande enfin:

– Tu as une idée? Je ne veux pas te vexer, mais ça me semble un peu vague, comme projet... Par quoi voudrais-tu commencer?

Je hausse les épaules.

– C'est bien ça, le problème. Je n'ai rien trouvé encore. Toi, tu as des suggestions ?

– Et voilà, répond Béa d'un ton extrêmement satisfait. Ça te fait une drôle de tête pour l'instant, mais demain tu seras superbe !

Dans le miroir, je vois mon visage surmonté de tresses hirsutes qui partent dans toutes les directions. Charmant.

– Hum, fait Béa d'un air moqueur, changer le monde, c'est un gros défi... Si tu commençais par changer de look avant qu'on regarde nos films, ce serait un début, non ? Après tout, c'est samedi... On peut remettre les grands projets à lundi, peut-être ?

Je l'avoue, je suis presque soulagée. Je n'avais pas vraiment d'idées pour ce soir, de toute façon. Et puis, on a bien le droit de se détendre, la fin de semaine ! Elle a raison. Je reporte mes grands projets à plus tard.

Béa sort un tube de son sac et s'exclame :

– Masque à l'argile, miss !

Nous voilà toutes les deux devant le miroir à étendre la pommade verte partout sur notre visage. On grimace, on sourit, on fronce les sourcils, on rigole. De toute beauté! Un moment parfait, comme je les aime. En séchant, l'argile pâlit par endroits. Nous avons l'air de Hulk, avec une peau verte crevassée parcourue de coulisses plus foncées.

Tout à coup, la sonnette de la porte avant nous fait sursauter.

– Il y a quelqu'un, grommelle Béa, dont le masque a presque entièrement figé.

Je regrette soudain que mes parents ne soient pas là. Personne d'autre ne peut ouvrir. Les yeux toujours fixés sur le miroir, je demande, horrifiée :

– Qu'est-ce qu'on fait?

– Pffft... Qui veux-tu que ce soit, un samedi soir? Un vendeur quelconque. Peut-être même une erreur. Vas-y, va ouvrir!

Elle tente de me chasser de la salle de bains. Je résiste.

– NOOON! Es-tu folle?

Béa insiste, morte de rire.

– Allez, Rosie! C'est juste drôle! Tu feras sans doute la peur de sa vie à ton visiteur, avec tes tresses et ta peau verte! Au pire, il se demandera de quelle planète tu viens!

Je refuse, mais elle me pousse résolument vers la porte. À l'avant, on sonne avec insistance. Pas le choix. Toutes les lumières sont allumées, difficile de faire croire qu'il n'y a personne chez moi. J'y vais. Béa joue la *cheerleader* et fait de drôles de mimiques d'encouragement en fredonnant:

– Go, Rosie, go!

En riant de bon cœur, je me dirige vers l'entrée.

J'ouvre.

Le ciel me tombe sur la tête.

– Euh… je te dérange, je pense… Désolé. Je suis le nouveau voisin. On vient d'emménager dans la maison à côté.

Le gars qui déclare ça est le plus beau que j'aie vu depuis que je suis née.

J'ai l'impression que Taylor Lautner a déménagé à côté.

Et encore, peut-être en mieux, c'est tout dire.

Cheveux noirs, yeux noirs, sourire craquant... Un peu moqueur, le sourire, d'ailleurs.

Je n'ose pas lui sourire en retour, j'ai trop peur que mon masque se mette à se fissurer de partout. Déjà que je ne suis pas vraiment à mon avantage... Surtout, ne pas empirer les choses.

Je remarque que Béa, oui-oui, celle qui me disait combien ce serait drôle d'ouvrir, est retournée se cacher dans la salle de bains en vitesse, sans se montrer. Finis les petites chorégraphies et les cris d'encouragement. J'en aurais bien besoin, pourtant. Je transpire à grosses gouttes. J'ai chaud. J'ai l'impression que mes pieds sont collés au plancher et n'arriveront plus jamais à bouger. Je veux mourir de honte.

Je pensais avoir connu la pire humiliation de ma vie ce matin en entendant le commis rire à la station libre-service, mais non. Je ne connaissais rien encore de l'humiliation. Cette fois, ça y est. C'est la honte puissance dix. Je ne m'en remettrai jamais, j'en suis sûre.

– J'aurais besoin d'un marteau. Pourrais-tu m'en prêter un, s'il te plaît ?

– Hum hum…

Je file chercher l'outil dans l'atelier. Pas de danger que Béa se pointe pour faire la discussion avec le bel inconnu pendant ce temps-là. Elle reste soigneusement cachée dans la salle de bains. En grommelant, la tête ailleurs, je fouille dans le coffre de mon père et reviens vers la porte d'entrée. Si mon aspect physique n'a pas entièrement charmé le nouveau voisin, ma discussion profonde et captivante a dû l'achever… « Hum hum ! » Franchement ! C'est tout ce que j'ai pu dire depuis son arrivée. Je n'ai réussi à émettre aucune autre parole. Pitoyable. Je lui tends l'outil. Son sourire craquant s'élargit encore.

– Merci. Mais... euh... c'est un tournevis.

Je retourne rapidement vers l'atelier. Je cours presque. Mes joues sont brûlantes. Heureusement, il ne peut pas s'en rendre compte, avec ma peau verte. Quoique... et si les couleurs se mélangeaient? Rouge et vert, ça donnerait quoi? Je finis par trouver le marteau et me précipite pour le donner au voisin. Toujours sans dire un mot. Il faut qu'il parte, maintenant. Au plus vite. Je viens pour refermer la porte quand le faux Taylor ajoute:

– Sympathiques, les lapins roses.

Je ne réponds rien. Je me contente de pousser la porte.

J'ai envie d'aller me cacher dans mon lit, sous les couvertures, et de ne plus jamais en ressortir. Et si c'était vrai, ce qu'on raconte, que la première impression est celle qu'on retient pour toujours?

Au secours!!!

Chapitre 3

J'aime la librairie de mon grand-père. J'y travaille quelques heures par semaine, mais j'y passe aussi régulièrement, juste pour le plaisir, après mes cours. Mon grand-père s'appelle Antoine. Je l'ai toujours appelé Tonio. Il ne parle pas espagnol ni rien. C'est simplement que ce prénom lui va beaucoup mieux. Tonio a installé dans un coin de la librairie deux jolis divans d'un bleu un peu fané, très accueillants. Les gens y traînent de longs moments, que ce soit pour discuter ou pour lire. Tonio leur offre même du café, du thé ou du chocolat chaud. Je trouve que ça fait de la librairie un endroit génial. Ma mère, elle, fait plutôt remarquer à son père régulièrement que ce n'est pas bon pour le commerce…

Émilie-Rose

– Tes clients passent des heures à flâner sur tes divans sans rien acheter… Ce n'est pas très payant!

Tonio répond toujours la même chose, du même ton très calme:

– Sylvie, crois-tu que j'ai choisi d'être libraire parce que je rêvais de devenir riche?

Ma mère grommelle une réponse plus ou moins claire. Tonio continue:

– Je suis devenu libraire parce que j'aimais lire et que j'avais envie de faire lire les autres. Si les gens passent des heures sur mes divans à lire, je trouve que mon but est atteint. Je réussis très bien dans mon métier.

Il n'y a rien de plus à ajouter.

J'adore mon grand-père.

Je le taquine souvent en lui disant que sa librairie ressemble plutôt à un cabinet de psychologue: je ne compte plus les clients qui viennent ici juste pour jaser avec lui ou les jeunes qui demandent conseil à Tonio quand ça ne va pas.

Je suis justement installée confortablement dans l'un des divans de Tonio, en
train de raconter ma mésaventure de la
veille à mon grand-père. Ma rencontre avec
le nouveau voisin. Le beau voisin. L'espèce
de Taylor-Lautner-mais-en-mieux.

– C'était affreux, Tonio! J'ai tellement
honte! Tu imagines la première impression : pantoufles en lapins roses, masque
vert, cheveux pleins de mini-tresses… et
en pyjama à 19 heures un samedi soir! Je
n'oserai plus jamais lui reparler. C'est
décidé : je le fuis jusqu'à la fin de mes
jours. Tu penses que si j'insiste un peu,
mes parents vont accepter de déménager?

– Je ne suis pas certain que le fuir soit
la meilleure solution, répond simplement
Tonio.

C'est ce qui me plaît chez mon grand-
père : il n'essaie jamais de me convaincre
que mes petits problèmes n'ont aucune
importance, que je devrais être en train de
trouver une cause à défendre quelque part.
Il m'écoute toujours attentivement.

– Si tu veux mon avis, c'est plutôt une bonne chose, cette première rencontre.

Bon, Tonio est peut-être trop optimiste, quand même... Ou alors, il vieillit, le pauvre, il perd un peu la tête... Une bonne chose de se ridiculiser devant l'un des plus beaux gars du monde, qui en plus se trouve à habiter la maison voisine !...

(Je sais, j'ai parfois tendance à exagérer. L'un des plus beaux gars du monde peut paraître excessif... En tout cas, moi, je le trouve vraiment à mon goût !)

– Il y a une autre façon de voir ça, Émilie-Rose. Dis-toi que la prochaine fois qu'il te verra, il ne peut que te trouver mieux ! Il sera sûrement agréablement surpris ! Le pire est passé...

Finalement, Tonio a encore toute sa tête ! Au fond, il n'a pas tort.

– Donc... tu crois que je devrais aller lui parler au lieu de le fuir ?

Je quitte la librairie déterminée. Pleine de bonne volonté, bien décidée à changer la terrible première impression que j'ai pu donner à mon voisin. Après dix minutes de marche, j'arrive chez moi. Le ciel me sourit. Le garçon en question est justement en train de sortir des boîtes du coffre d'une voiture. Il est encore plus beau le jour. J'espère qu'il me trouvera plus belle aussi... Et s'il me préférait avec mes tresses et la peau verte ? Je suis prise d'un doute, tout à coup. Ça semblait si facile, à la librairie, d'aller lui parler... Quand j'en discutais avec Tonio, c'était simple. Évident, même. À moins que je lui parle un autre jour ? Que je remette ça ? Il est occupé, après tout. Oui, bonne idée. Je baisse la tête, j'accélère le pas, j'essaie nerveusement d'enfoncer ma clé dans la serrure de la porte avant. Pas de chance. Avant que je réussisse à ouvrir, j'entends :

– Hé, salut !

Je souris.

– Ça va ?

Il n'a pas encore parlé de notre désastreuse rencontre. Un gentleman. Bon, il faut dire qu'il n'a dit que quatre mots jusqu'ici, mais quand même... Je prends une grande inspiration et je me lance, avant qu'il pense que je suis muette, ou complètement retardée :

– Salut! Je m'appelle Émilie-Rose.

– Joli prénom. Moi, c'est Arthur.

– Comme le roi de la Table ronde?

Il éclate de rire.

– Eh oui. Je porte le nom du plus célèbre cocu de tous les temps. Pas mal, non? La reine Guenièvre lui a préféré Lancelot… Ma mère aurait voulu m'appeler Lancelot, d'ailleurs, mais mon père ne voulait rien savoir. Il n'aimait pas ce prénom.

Je ne sais pas trop s'il se moque de moi parce que j'ai parlé de la Table ronde ou s'il est sérieux. Je me demande aussi si, en ce moment, mes joues sont plus rouges que la voiture qu'il est en train de vider. Je ne serais pas étonnée, je rougis facilement. Je suis sûre que oui. Dans ce cas, je me demande s'il a remarqué que mes joues sont plus rouges que la voiture. Bref, je ne suis pas très à l'aise. Je bredouille :

– J'aime bien le personnage d'Arthur, moi.

Il semble étonné :

– Tu t'intéresses aux histoires de la Table ronde ?

Je réponds d'un ton très sérieux :

– Je m'intéresse à tous les livres.

Il me regarde gravement pendant quelques secondes, sans répondre. Alors là, bravo, Émilie-Rose ! Tu as vraiment le tour d'attirer l'attention des garçons. Je pense aux filles de ma classe qui savent si bien discuter avec les gars, leur lancer un clin d'œil séducteur ou un sourire charmeur, leur parler légèrement de la prochaine soirée de danse de l'école ou du temps qu'il fait. J'ai un sérieux concurrent de Taylor Lautner devant moi et, pour notre première «vraie» conversation, je suis en train de lui parler de livres. Sans sourire ni clin d'œil. Je cherche désespérément un autre sujet de discussion, plus léger, pour faciliter le contact. Je me dépêche de demander :

– Tu… tu as un animal, Arthur ?

Il semble étonné. La transition est peut-être un peu brusque.

– Euh… oui, un poisson.

– Génial, j'adooore les poissons !

Euh… bon, je l'avoue, je suis un brin trop enthousiaste pour avoir l'air sincère. Qui peut bien aimer les poissons à ce point-là ? Grrr… J'aurais dû entrer chez moi au plus vite, sans répondre à son salut. Rien ne marche. Je tente de nouveau d'insérer la clé dans la serrure d'une main nerveuse, j'y arrive enfin, j'ouvre la porte. J'essaie de laisser une meilleure impression à Arthur, cette fois. De trouver quelque chose de gentil à lui dire avant de disparaître. Je finis par déclarer :

– Si… si tu veux, quand tu seras absent, je peux m'occuper de ton poisson.

Il sourit d'un air un peu surpris.

– Super ! Merci.

Je sens qu'il faut que je me sauve le plus rapidement possible avant de continuer à m'enfoncer davantage... Je ne dis que des niaiseries. M'occuper de son poisson! Franchement! Mais oui, Émilie-Rose, tu pourrais lui faire faire sa promenade du soir... Ou alors l'entraîner à faire la belle. Ou à ramener la balle. C'est qu'il serait content, Arthur, à son retour, de voir tous les nouveaux trucs que son poisson a appris grâce à toi, la gentille voisine!

Je repense à mon grand-père, qui me disait que la deuxième rencontre ne pouvait que mieux se passer que la première... Je me demande si Tonio me connaît aussi bien que je le croyais. Il aurait dû se douter que je suis toujours capable de faire pire.

Chapitre 4

Perdue dans mes pensées, je rêvasse tranquillement dans le coin de la classe sans déranger personne. Je pense évidemment à ma rencontre avec mon presque-Taylor-Lautner. Que je devrais me mettre à appeler Arthur, d'ailleurs. Le spécimen a un prénom, quand même! Il ne vient pas à mon école. Comme il vient de déménager, il finit sans doute son année scolaire au même endroit. On ne change pas ainsi en avril. Surtout pas l'année du bal des finissants. Tout ça en supposant qu'il ait mon âge, bien sûr. Pour ce que j'en sais... Il est peut-être en quatrième secondaire, ou même au cégep. Bref, ce qui est certain, c'est qu'il n'est pas à mon école. Je l'aurais sûrement remarqué. J'ai un radar pour les beaux garçons. Dommage que ce radar ne fonctionne que dans un sens : aucun d'eux ne semble jamais me voir.

Je jette un œil distrait autour de moi. Devant, Justine griffonne dans son cahier en écoutant distraitement notre prof de français. Ses ongles sont longs et roses, parfaitement vernis. Je regarde mes mains aux ongles courts et rongés. Soupir. À mes côtés, Béa chuchote avec Jordan. Chaque fois qu'elle sourit, la classe semble s'éclairer un peu. Béa a ce pouvoir magique de tout changer d'un seul sourire. La vie semble toujours facile pour elle. Je sais que ce n'est pas le cas, parce que je suis sa confidente depuis longtemps, mais à la voir, on pourrait le croire. Re-soupir. J'ai l'impression d'être la seule à ne pas savoir quoi dire, quoi faire, comment m'habiller, comment parler aux gars... Je parie qu'Arthur ne résisterait pas cinq minutes au sourire de Béa. Il l'aurait déjà invitée à prendre un café. Ou à l'accompagner au bal. Peut-être même lui aurait-il parlé de mariage ? Re-re-soupir...

J'essaie de me concentrer sur ce qui se passe en classe. Notre enseignant semble répéter une question. Il insiste pour avoir une réponse. Personne ne bouge. Pour être honnête, plusieurs somnolent. Il déclare :

– Bon, puisque personne ne se porte volontaire, je vais choisir quelqu'un…

Mon cœur fait trois tours. Je n'ai pas entendu la question ! Je fixe obstinément la table devant moi. Le prof reprend :

– Alors… euh… tiens, qu'en penses-tu, toi, Justine ?

Justine sursaute. Son crayon, qui gribouillait avec application, fait une coche dans la marge. Elle bredouille :

– Je… je ne suis pas sûre d'avoir bien compris la question.

Bravo ! Elle s'en sort bien. Je suis certaine que je n'aurais pas eu le réflexe d'ainsi camoufler mon manque d'attention. L'enseignant lève les yeux au ciel.

– Alors je la répète pour la quatrième fois : qu'est-ce que c'est, selon toi, une question existentielle ?

– Une question relative à l'existence, monsieur?

Ce n'est pas tout à fait assez précis, mais ça ira pour le moment. Le prof est content. Il a eu une réponse. Il développe un moment sur les questions qui remettent en cause notre façon de penser, notre être même. Il demande des exemples de questions existentielles. Je réprime un sourire. Des questions existentielles, j'en ai plein... Devrais-je tenter de sauver le monde ou penser d'abord à séduire mon voisin? Je suis déchirée, monsieur! Je sais que mon père rêve que je sois hyper conscientisée et impliquée socialement, mais de mon côté, pour l'instant, je rêve surtout d'avoir un chum... un premier, à ma grande honte. J'ai l'impression que tout le monde de mon âge a passé cette étape depuis longtemps. Tiens, une autre question existentielle: suis-je normale de ne pas avoir eu de vrai chum à 17 ans, seulement quelques petits copains sans aucune importance? Qu'est-ce qui ne va pas chez moi?

J'ai l'heureuse idée de ne pas formuler mes questions à voix haute. Le prof continue en nous invitant à nommer des personnes inspirantes, des personnes qui ont changé le monde. Qui ont fait une différence. Qu'est-ce qui se passe, ce matin ? C'est un cours de culpabilisation 101 ? Quelques élèves risquent des noms d'une voix timide.

– Gandhi...

– Mère Teresa ?

L'enseignant sourit, ravi.

– D'autres noms ? Émilie-Rose ?

Je suis complètement affolée. Gandhi, mère Teresa, Gandhi, mère Teresa... Je n'ai que ces deux personnes dans la tête et elles ont été nommées. Je me tais. J'espère que le prof passera à quelqu'un d'autre. Qu'il m'oubliera. Mais non, il s'acharne. Il insiste.

– Émilie-Rose, tu as une idée ?

NOOOOOOON ! Aucune idée. Le cerveau à *off*. Rien ne vient, à part une vague de panique. Il n'existe pas une loi pour protéger les élèves persécutés par un prof tenace? Si oui, quel est le nom de son créateur? Je pourrais le nommer comme personne ayant contribué à rendre le monde meilleur... Je finis par répondre d'une petite voix:

– Mon grand-père.

Plusieurs éclatent de rire. Je veux mourir de honte. Le prof a l'air sceptique.

– Euh... oui, ça peut être quelqu'un de notre entourage, c'est vrai. Mais pour le travail, je préférerais quand même une personnalité renommée.

Un petit clignotant rouge se met à s'agiter dans ma tête. Le travail? Quel travail?

– Vous risquez de trouver ça long, écrire un portrait de dix pages sur une personne de votre vie... Allez-y plutôt avec des gens connus. Vous aurez des citations, des pistes de recherches... Toi, Béatrice, tu sais sur qui tu vas travailler?

Toujours aussi à l'aise, Béa répond avec assurance:

– Probablement sur Barack Obama. En tant que premier président noir des États-Unis, il a changé beaucoup de choses, je crois...

Mais oui! Obama! Pourquoi n'y ai-je pas pensé? Avec mon père qui me lit les manchettes des journaux tous les matins en espérant que je m'intéresse à la politique mondiale!... Grrrr! Franchement, le nom aurait dû me venir tout naturellement! Je me déteste! Je sens mes joues qui rougissent. Mon visage devient si chaud que j'ai un peu peur que mes voisins immédiats souffrent d'insolation. Pourquoi ai-je l'impression que tout est toujours si compliqué pour moi et si facile pour les autres? Béa n'a pas terminé. Le prof la regarde avec admiration en faisant de grands «oui» de la tête. Elle conclut du même ton convaincu:

– Je comprends toutefois parfaitement la réponse d'Émilie-Rose. Son grand-père est vraiment quelqu'un de particulier, qui fait effectivement une différence pour beaucoup de gens au quotidien. Je pense que les personnes qui changent notre existence au jour le jour peuvent être aussi importantes que celles qui le font à grande échelle, avec plus d'éclat. Croyez-vous, monsieur ?

Adorable Béa... Elle me lance discrètement un clin d'œil complice. Béa, c'est mon amie pour la vie ! Le prof de français lui répond :

– Oui, oui, tu as raison, évidemment, Béatrice. C'est tout à fait vrai... Les petits changements du quotidien sont souvent faits par de grandes personnes. Absolument. C'est une excellente remarque. Vous pouvez en effet travailler sur une personne que vous admirez autour de vous. Très bonne idée. Vraiment.

Elle est si convaincante, Béa ! Je pense que si elle lui avait demandé s'il est d'accord avec elle pour dire que l'industrie de fabrication des nains de jardin en Asie est en déclin, il aurait répondu avec le même enthousiasme. Bravo, Béa ! Bon, ne me reste maintenant qu'à trouver un sujet pour mon travail long... Portrait d'une personne qui change le monde...

Arthur-le-sosie-de-Taylor, peut-être ? Je ne demande pas mieux que de le voir changer un peu mon monde à moi !

Chapitre 5

Une autre journée de terminée. À mes côtés, Béa pitonne sur son éternel cellulaire pour être certaine de ne pas avoir manqué d'appels ou de textos. Je ferme mon casier et m'apprête à quitter l'école.

– On va prendre un chocolat chaud à la librairie, Rosie ? me demande Béa.

– Pas aujourd'hui, non. J'ai rendez-vous chez le dentiste. Mon père m'attend.

– Chanceuse ! lance mon amie d'un ton moqueur. On s'appelle ce soir, alors.

Nous passons nos journées ensemble, Béa et moi, et pourtant, si on ne se voit pas en soirée, on ne peut s'empêcher de s'écrire ou de s'appeler. Des inséparables !

Mon père est effectivement déjà là à m'attendre. Je monte dans la voiture.

– Tu as passé une bonne journée, Émilie-Rose?

Je lui parle du projet que nous devons faire en français. Il est emballé, évidemment! Mon père travaille pour la Croix-Rouge. Il est en contact avec plusieurs organismes de bienfaisance. Immédiatement, des tonnes de noms lui viennent à l'esprit:

– Tu devrais présenter Gilles Kègle! C'est un infirmier qui fait un travail exceptionnel à Québec...

Il me lance en vrac des noms et des informations. Ma recherche ne me demandera pas trop de temps: papa est passionné par le sujet. Il connaît tout sur le bout de ses doigts! C'est un père exigeant, c'est vrai, je m'en plains souvent... mais il a des valeurs si fortes et une générosité sans bornes qui font qu'on ne peut que l'aimer!

Nous sommes en train d'entrer à la clinique dentaire quand mon père me lance, en se donnant une petite tape sur le front:

– Que je suis bête ! C'est évident, quelle personne tu dois présenter ! Franchement !

Je le regarde d'un air interrogateur. La réceptionniste s'avance vers nous. À toute vitesse, avant qu'elle ne m'adresse la parole, papa me dit :

– Rosa Parks ! Ça va de soi ! C'est à elle que tu dois ton prénom. Ta mère avait proposé de t'appeler Émilie, mais j'hésitais, car j'avais aussi envie de t'appeler Rosa. J'admirais terriblement cette Rosa Parks. Sylvie et moi avons alors fait un compromis : nous avons finalement opté pour Émilie-Rose.

Tiens ! Je ne savais pas du tout que mon prénom avait été inspiré par Rosa Parks. Et je sais encore moins qui est cette Rosa Parks. Peut-être une célèbre chercheuse qui a découvert un remède important ? Ou une sorte de mère Teresa qui a consacré sa vie aux pauvres et aux malades ? Je n'ai pas le temps de questionner mon père davantage, l'hygiéniste dentaire arrive au comptoir et m'invite à la suivre. C'est une nouvelle, visiblement. Ce n'est pas celle qui m'accueille chaque fois depuis des années.

Je n'aime pas beaucoup les visites chez le dentiste. Je sais, rien d'étonnant... Je n'ai jamais entendu quelqu'un dire : « J'adore aller chez le dentiste ! Vivement la prochaine visite ! » Mais bon, je tenais à le préciser. J'entre dans la salle d'un pas hésitant. Elle est claire et lumineuse. Pour un peu, on oublierait où on se trouve. S'il n'y avait pas cette odeur terrible... Et cette musique d'ascenseur. Et ces instruments étincelants qui semblent se moquer de moi.

Je m'assois sur la chaise. L'hygiéniste dentaire est une femme minuscule, qui semble plutôt sympathique... mais qui me parle comme si j'avais cinq ans.

– Alors, la grande Émilie-Rose, ça va bien ?

La grande ? Je résiste à l'envie de lui répondre : « Mais oui, ma petite, ça va bien, et vous ? » Mais je suis polie, alors je me contente de murmurer un petit « Oui ». J'ai déjà les mains agrippées aux accoudoirs, comme si le siège était une fusée prête à décoller. L'hygiéniste lit mon dossier.

– Juste un examen de routine, ma jolie! Rien de compliqué.

Euh… *ma jolie*? Décidément, j'ai l'impression de participer à mon insu à une émission pour enfants. Aujourd'hui, les amis, une visite chez le dentiste! Prête, ma jolie? Toi aussi, la grande? Allons-y, les copains!

– On va commencer par une petite radiographie, d'accord? me propose Anna.

C'est le prénom qu'indique l'épinglette qu'elle porte sur son uniforme blanc. Elle pose la question joyeusement, exactement sur le ton qu'elle prendrait pour me proposer d'aller nager avec des dauphins ou de manger de la crème glacée trempée dans le chocolat. Je continue mon scénario dans ma tête. «Une radiographie? Oh oui! Chouette alors!» Dans la vraie vie, je me contente d'un léger signe de tête. De toute façon, je suppose que la question est plutôt rhétorique. Anna n'attend pas vraiment de réponse. J'imagine sa tête si je lui répondais : «Une radiographie ? Non, pas question !»

Anna se penche vers moi et me coince un morceau de matière douteuse et caoutchouteuse dans la bouche. J'ai chaud. C'est inconfortable. J'ai un peu mal au cœur. Mes jointures sont blanches tellement je me cramponne à mon siège. Anna ouvre la porte :

– Je vais juste de l'autre côté appuyer sur le petit bouton et je reviens ! Quelques secondes à peine, ma belle !

J'essaie de grimacer un sourire. Pas facile, avec la pièce rigide coincée entre mes dents, qui me gonfle la joue. Elle sort. J'entends :

– Anna, j'ai une question pour toi !

Je tends le cou pour voir. La dentiste, un dossier à la main, parle tranquillement à mon hygiéniste. Hé, ho ! Je suis là ! J'ai encore plus chaud. J'ai encore un peu plus mal au cœur. Mais ce n'est rien... Jusque-là, comparé à ce qui devait arriver ensuite, j'étais relativement bien... Car par la porte toujours ouverte du cabinet, j'entends une autre hygiéniste appeler d'une voix forte:

– Arthur Robitaille!

Je sursaute. Bon, il n'existe pas qu'un seul Arthur, j'en suis consciente. Les probabilités que ce soit «le mien», le voisin, sont minces... J'ai tout de même envie de hurler: «EST-CE QU'ON VA LA FAIRE, CETTE RADIOGRAPHIE!?!?» Mais je l'ai dit, je suis polie. J'imagine la tête de mon père assis dans la salle d'attente s'il m'entendait crier ainsi et je me retiens. La tête joviale de mon hygiéniste réapparaît dans la porte:

– Coucou! Je suis là! Je ne t'ai pas oubliée, ma chouette, on y va!

Et là... juste avant qu'elle referme la porte, par-dessus son épaule, je vois passer... mon voisin. Arthur lui-même. Hum hum. Et pire encore, à ce moment, il jette un œil distrait dans la salle... et il me voit. Comme si ce n'était pas suffisant, il me reconnaît, en plus. J'entends:

– Hé! Émilie-Rose? Salut!

J'essaie de sourire. Je tente même de le saluer en grognant «... a... ut» et en faisant un petit geste de la main. La bonne nouvelle, c'est qu'il se rappelle mon prénom. La mauvaise, c'est qu'il m'a vue dans cet état... Je m'ennuie presque de mes tresses et de mon masque à l'argile. J'ai un morceau d'une matière non identifiée coincé dans la bouche, la joue déformée, un éclairage blafard directement pointé sur mon visage sûrement rouge tomate à l'heure qu'il est... Tout va très bien. Très, très bien. Je ne suis pas certaine, mais je pense qu'un petit filet de bave coule élégamment sur le côté de ma bouche entrouverte. Anna me gronde gentiment:

– Tu as bougé, ma chouette! Il faut vraiment rester immobile!

Grrrr! Je mords de toutes mes forces dans le pauvre petit morceau rigide. Anna finit par fermer la porte et faire la radiographie. Quand elle l'ouvre, Arthur a disparu. Heureusement.

N'empêche, j'ai une envie folle de me mettre à pleurer et de crier: «Ça va, le ciel, j'ai compris! Ça suffit! Tu peux arrêter d'envoyer des signes! C'est clair, maintenant!» Aucun doute possible, il y a une malédiction qui pèse sur ma relation avec ce garçon.

Anna revient dans la pièce, m'enlève le bout de matière douteuse et caoutchouteuse, regarde d'un air étonné les traces que mes dents y ont laissées et déclare avec enthousiasme:

– Allez, maintenant, on y va pour le nettoyage, cocotte!

Cocotte! Je serre les dents, je serre les poings, je serre les orteils, je serre tout ce que je peux serrer et je me répète en boucle dans ma tête: «Allons, ce n'est qu'un mauvais moment à passer...» Quand l'examen est enfin fini, que la dentiste est venue faire son petit tour, j'ai du mal à me relever de la chaise tellement je suis crispée. J'ai trop serré. Je fonce vers la salle d'attente, je fais un signe de tête à mon père et je me précipite dehors à toute vitesse. Pas question de recroiser

Émilie-Rose

Arthur maintenant, en plus! Ça suffit!
C'est bien assez. L'émission est finie pour
aujourd'hui, les petits amis!

DEUXIÈME PARTIE

Rosa

Chapitre 6

J'adore le vendredi. Surtout quand c'est une journée pédagogique ! Au programme, aujourd'hui : je travaille à la librairie de 11 heures à 13 heures, le temps que Tonio aille dîner avec ma mère, puis je vais au centre commercial avec Béa. J'ai donc pu traîner au lit quelques heures ce matin et j'ai réussi à quitter la maison sans voir le voisin, Arthur-Taylor-Lautner-sur-qui-pèse-la-malédiction-et-que-je-dois-éviter-à-tout-prix. Il ne sort jamais rien de bon de nos rencontres, alors mieux vaut ne pas en provoquer. Béa pense tout le contraire. Elle dit que je devrais plutôt aller lui parler plus souvent. Que je finirais par m'habituer à sa présence, par être moins timide et, donc, que je risquerais moins de faire des bêtises chaque fois. Elle dit aussi que je ne comprends décidément rien aux garçons. Elle a tout à fait raison. Je n'y comprends absolument rien. Ça me semble une raison valable pour ne pas aller parler au plus beau d'entre eux.

La librairie est très tranquille, ce matin. Un seul client est passé acheter un livre et deux revues jusqu'à maintenant. J'adore travailler ici ! C'est paisible, je suis seule responsable des lieux quand Tonio n'y est pas et, comme les clients ne se pressent pas à la porte, surtout les jours de semaine, je peux même bouquiner tranquillement. Plongée dans un roman d'Alexandre Dumas, je me laisse emporter dans un monde de chevalerie, de cape et d'épée. J'oublie tout le reste. Je sursaute quand la sonnette de la porte d'entrée carillonne. Mon grand-père et ma mère reviennent de leur dîner.

– Je retourne au bureau, Rosie. Tu veux que je te dépose quelque part ? propose maman.

Je jette un œil dehors par la vitrine du commerce. Il pleut à boire debout.

– À l'arrêt de bus le plus près, si ça ne te dérange pas.

Ma mère acquiesce en pianotant sur son BlackBerry. Mes parents sont si différents : papa est obnubilé par tous ces gens à sauver sur la terre, maman travaille dans l'argent, le commerce et les chiffres. Elle parle de marge de crédit et de taux d'intérêt pendant que son mari évoque les missions humanitaires et les devoirs citoyens... Et le pire (ou le mieux !), c'est qu'ils forment un couple charmant comme tout, qui semble toujours bien s'entendre après 20 ans... On dit que les contraires s'attirent...

Pendant que maman retourne quelques appels urgents, je confie à Tonio :

– Je dois faire un travail sur un personnage important, en français. Quelqu'un qui change le monde.

Mon grand-père réfléchit quelques secondes.

– Qui as-tu choisi ? Nelson Mandela ? Martin Luther King ?

Je me sens bête. Dès que je parle de ce projet, tout le monde a plein de suggestions. Des noms viennent aussitôt à l'esprit de tous. Pourquoi n'ai-je réussi à trouver personne, en classe?

– Je ne suis pas encore certaine, Tonio. Papa m'a proposé Rosa Parks… Aurais-tu…

Je n'ai pas le temps de finir ma phrase, voilà Tonio qui s'élance déjà entre les rangées de la petite librairie.

– Mais oui, Rosa! Quelle bonne idée! Il y aura bientôt 60 ans qu'elle a fait ce fameux geste, tu sais!

Non, je ne sais pas, justement. Je n'ai encore aucune idée de qui est cette Rosa Parks qui a inspiré mon prénom à mes parents. J'ai très hâte d'en apprendre un peu plus. Quel est ce « fameux geste »? Elle a mis fin à une guerre mondiale? Elle a reçu un prix Nobel? Elle a découvert un continent? Mon grand-père revient vers moi et dépose trois livres dans mes mains. Sur la couverture de l'un d'eux, une femme noire apparaît. Elle porte des lunettes et un doux sourire illumine son visage.

– Rosa, dit simplement mon grand-père, ému, comme s'il me présentait une amie chère.

Avant que j'aie pu l'interroger, ma mère revient vers nous à grandes enjambées.

– Je dois y aller tout de suite, Rosie, une urgence au bureau !

Tonio me lance un sourire complice. Ma mère a toujours des urgences au bureau. On ne s'en fait plus trop. Mon grand-père déclare :

– Garde les livres, ce sera utile pour ta recherche. On s'en reparle.

Je les glisse dans mon sac et nous quittons la librairie. Sitôt assise dans la voiture, ma mère demande :

– De quels livres parlait ton grand-père ?

– Il m'a offert quelques ouvrages sur Rosa Parks. J'ai un travail à faire en français. Je dois écrire un portrait d'une dizaine de pages pour présenter un personnage important. Je crois bien que ce sera elle, mon sujet.

– Vraiment ? C'est bien ! Tu sais que c'est en son honneur que tu t'appelles Émilie-Rose ? Au début, je pensais t'appeler Émilie, mais ton…

– Oui, papa m'a raconté. Par contre, j'avoue que je ne sais même pas encore qui est cette Rosa… Je n'ai rien lu sur elle. Je suis curieuse d'en apprendre plus…

Nous voilà à l'arrêt de bus. Ma mère immobilise la voiture et me lance, juste avant que je descende :

– Oh, tu en as sûrement déjà entendu parler ! Tu sais, c'est cette femme qui a refusé de se lever dans le bus en 1955 ? Zut, déjà 13 h 07 ! Il faut que je file ! Bonne journée, Émilie ! À plus tard !

Elle redémarre.

Je reste plantée à l'arrêt de bus, sous la pluie battante, les cheveux dégoulinants, mon sac serré contre moi, un peu dépitée. Ah bon. Tiens donc. Moi qui pensais aux grandes découvertes, au prix Nobel ou aux révolutions… J'ai une pensée pour Arthur. Il porte le prénom du plus célèbre cocu de l'histoire. Je dois le mien à une femme qui a refusé de se lever dans l'autobus. Soupir.

Chapitre 7

L'autobus arrive enfin. Tout le monde semble s'être donné le mot pour le prendre à la même heure, ce vendredi. Le fait qu'il pleuve autant doit jouer ; ceux qui marchent habituellement ont probablement trouvé refuge dans le véhicule. Je réussis tant bien que mal à me frayer un chemin jusqu'au fond du bus. Appuyée contre un poteau, je sors un des livres que Tonio m'a offerts. Je le feuillette distraitement d'abord, puis je me laisse prendre par le destin incroyable de cette Rosa. Je tourne les pages l'une après l'autre, j'ai envie de dévorer tout le bouquin.

Rosa est née en 1913 dans une famille modeste, en Alabama, aux États-Unis. Son grand-père, Sylvester, insiste sur l'importance d'étudier, afin que personne dans sa famille ne devienne le domestique d'un Blanc. Sa mère s'instruit donc et devient enseignante. Elle transmet à sa fille les valeurs qu'elle juge importantes : le respect, la fierté, l'égalité, la liberté. Rosa va aussi à l'école, mais elle doit arrêter ses études à quelques reprises pour s'occuper de sa mère et de sa grand-mère quand elles sont malades. Elle mettra quelques années de plus que la moyenne des élèves pour obtenir son diplôme. Elle devient finalement couturière. Le fameux « geste » dont mon grand-père parlait, elle le fait le 1er décembre 1955, alors qu'elle a 42 ans. Je n'en reviens pas : à l'époque, les premières rangées des autobus, à Montgomery, capitale de l'Alabama, sont réservées aux Blancs... Si les Noirs désirent s'asseoir, ils doivent aller à l'arrière du véhicule... Cette histoire est *vraie* ! Et elle s'est passée sur notre continent, en 1955, il y a quelques décennies à peine ! Je suis sous le choc ! Comment pouvait-on permettre un tel racisme ? Bref, un jour, Rosa prend l'autobus et...

– Allô !

Je sors le nez de mon livre. Une petite voix a interrompu ma lecture. Un minuscule garçon me sourit. Il m'arrive à peine au-dessus des genoux.

– Salut, toi!

– Tu vas à la maison?

Trop mignon, ce gamin! Je me penche vers lui en souriant et en faisant tout de même attention pour ne pas me mettre à parler comme l'hygiéniste dentaire:

– Non, je vais rejoindre mon amie Béa au centre commercial.

– J'étais là, au magasin, moi, gazouille le garçon.

– C'est vrai? Tu étais là hier?

– Non, tantôt, j'étais là.

Un petit doute s'immisce en moi. Je me redresse et regarde dehors: à travers les grosses gouttes de pluie, je constate que j'ai largement dépassé l'arrêt du centre commercial. J'étais tellement prise par ma lecture que je me suis rendue beaucoup trop loin!

– Oh merde !

L'adorable petite frimousse me regarde avec de grands yeux pendant que je sonne désespérément pour descendre au prochain arrêt.

– Tu veux dire zut ?

– Oui, c'est ça : zut de zut, j'ai manqué mon arrêt !

Ça y est, voilà que je me prends de nouveau pour une animatrice jeunesse. Allez, Cornemuse-Rosie, arrête de dire de gros mots ! Le bus s'arrête enfin, je fais un dernier sourire au garçon et je descends.

Je me retrouve au milieu de nulle part, sous la pluie, à attendre l'autobus dans le sens inverse. Béa va se demander où je suis passée... Et elle va encore me reprocher de ne pas avoir de cellulaire ! Je jette un œil autour : pas de cabine téléphonique en vue. Elles sont en voie de disparition. Pour Béa, il n'y a que les hommes (et les femmes, dans mon cas) préhistoriques qui doivent trouver une cabine pour faire un appel. Les autres ont tous un cellulaire.

Après quelques minutes, un autobus arrive de mon côté. Les cheveux dégoulinants, les vêtements tout humides, j'y monte. L'autobus est plein aussi, mais moins bondé que le précédent. Il reste même un siège libre juste derrière le chauffeur. Je m'y glisse et m'empresse de ressortir mon livre. À mes côtés et devant moi, trois femmes et un homme âgés me sourient gentiment. Je leur rends leur sourire et replonge dans ma lecture. J'ai hâte de savoir la suite. Je devrai tout de même faire un peu plus attention pour ne pas manquer mon arrêt !

Bon, où en étais-je ? Un jour, donc, Rosa prend l'autobus. Le conducteur lui demande de se lever et de céder sa place à un Blanc...Je suis outrée ! Pourquoi un Blanc devrait-il avoir priorité ? Rosa se pose visiblement la même question car, fatiguée de ce traitement, elle refuse. Plus ma lecture avance, plus je suis fière de porter un prénom semblable à celui de cette femme !

Je passe rapidement les détails, je relirai tout plus attentivement pour mon travail de français, mais je veux savoir ce qui lui est arrivé... Je saute quelques pages. À cause de son geste considéré «militant», Rosa a dû payer une amende et elle a même perdu son emploi. Incroyable ! Je suis en revanche rassurée d'apprendre que les Noirs se sont mobilisés, par solidarité, et qu'ils ont boycotté le système d'autobus de Montgomery pendant plus de 380 jours ! Le 13 novembre 1956, moins d'un an après le geste de Rosa, la terrible loi de la priorité des Blancs dans les autobus est abolie. Par son refus, Rosa a amené toute une prise de conscience par rapport au traitement réservé aux Noirs. Le Congrès américain l'a même surnommée la Mère du mouvement des droits civiques. Il n'y a pas à dire, Rosa a fait une grande différence dans plusieurs destins... Notamment dans la vie de tous les Noirs américains. Dix pages, ce ne sera jamais assez pour tout raconter !

J'ai soudain l'impression que les deux dames à mes côtés grommellent en me regardant de travers...

– Quelle impolie ! marmonne ma voisine. Les jeunes d'aujourd'hui, vraiment...

Je lève la tête. Une femme enceinte se trouve devant moi. Elle tient une fillette de deux ou trois ans d'une main et une poussette pliée de l'autre. Toutes les personnes âgées autour de moi me regardent comme si j'étais un monstre. Quelle horreur! La pauvre femme se débat avec sa bedaine, la petite fille, la poussette… et moi, je suis confortablement assise en train de lire!

Je me dépêche de me lever en balbutiant:

– Je… je suis désolée… je… je ne vous avais pas…

– Tss, tss, tss… fait le vieil homme assis devant le siège que j'occupais. C'est jeune, en pleine forme et ça refuse de rester debout…

– Mais je… je ne refusais pas… j'étais… je n'avais pas…

Ouf. L'autobus s'arrête au centre commercial, m'évitant de continuer mes pénibles excuses. Je suis terriblement mal à l'aise. Et personne n'a voulu écouter mes explications. Ils ont bien dû voir, pourtant, que j'étais plongée dans un livre! En sueur, les joues en feu, je descends du véhicule le plus vite possible. Quand Rosa refuse de se lever, elle change le sort du monde. Quand Rosie refuse bien malgré elle de céder sa place, elle se fait insulter… Je me sens bien loin d'être une héroïne, en ce moment.

Chapitre 8

Encore un peu sous le choc, j'entre dans le centre commercial et je prends l'escalier roulant pour aller rejoindre Béa. Je tente de dédramatiser l'événement : allons, Rosie, qu'est-ce que ça peut faire que ces gens que tu ne connais pas t'aient trouvée impolie ? Tu le sais bien, toi, que tu n'as pas du tout refusé de céder ta place à cette jeune mère. C'était une distraction, rien de plus.

Tout me tourne dans la tête : Rosa, son implication pour la cause des Noirs à la suite de son geste, le besoin de sauver le monde que je ressens de plus en plus souvent... mais par où commencer ? Je baisse la tête, un peu découragée... et j'aperçois avec horreur mes bas. Des bas blancs plus blancs que blancs. Pas de jolis bas à motifs ou quoi que ce soit. Non, des bas de coton blancs tout mous, qui redescendent paresseusement sur mes souliers au lieu de se tenir bien droits. Où avais-je la tête en m'habillant ce matin ? Surtout en sachant que je viendrais au centre commercial, que j'aurais à subir le supplice de la salle d'essayage et du regard des vendeuses… Pourquoi, entre tous, avoir choisi ces bas-là ? Et puis, surtout… pourquoi voit-on mes bas ? Mon jean est rendu trop court ?

C'est ridicule, je sais. Je suis loin des grandes préoccupations de Rosa, mais pour l'instant, je ne vois plus que ça. Mes bas.

Béa m'attend en haut de l'escalier en regardant sa montre.

– Enfin, Rosie ! Tu es là ! Je me demandais si je devais appeler la police ! Si tu avais eu un cellulaire pour m'appeler, je me serais moins inquiétée… Arrive dans le monde moderne, ma chère !

Elle ajoute avec un petit sourire moqueur :

– Dis-moi au moins que tu es en retard parce que tu étais plongée dans une grande discussion avec ton Arthur et que tu n'as pas vu passer l'heure?

– D'abord, ce n'est pas *mon* Arthur... Ensuite, j'arrive à cette heure-là parce que j'ai simplement oublié de descendre à l'arrêt de bus... j'étais trop concentrée sur mon livre.

Elle semble un peu découragée. Pour rire, évidemment, pas pour de vrai. Il y a longtemps que Béa a compris que je suis plus à l'aise avec les livres qu'avec les garçons. Rien ne l'étonne plus de ma part.

– Euh... Béa... je peux te poser une question?

– Bien sûr, Rosie. Ce que tu veux.

– Tu ne trouves pas que mon jean est trop court?

Surprise, elle reste muette deux secondes puis éclate d'un grand rire contagieux.

– Pas du tout! Il est parfait! D'autres questions existentielles, miss?

– Regarde… on voit mes bas…

Béa hausse les sourcils d'un air catastrophé, arrondit la bouche et murmure d'une voix scandalisée :

– Mais oui, tu as raison ! Mon Dieu ! Vite, Rosie, rentre chez toi !

Elle me prend par le bras, m'attire vers les boutiques en reprenant sa voix normale :

– Arrête ton cirque, Rosie. Tu es parfaite, je te dis.

Nous passons un bon moment à flâner au centre commercial. L'après-midi file à toute vitesse. C'est toujours si agréable, avec Béa ! Nous jasons de tout et de rien, nous piquons quelques fous rires devant des robes à paillettes et des chandails d'un rose fluorescent éclatant, puis nous décidons de nous arrêter un moment, le temps d'une collation : chocolat chaud et millefeuilles ! Miaaam ! J'en profite pour parler de Rosa Parks à mon amie.

– C'est génial, Rosie ! Tu as trouvé ton sujet !

– C'est un exemple superbe de ce que tu disais, en plus, Béa: chaque petit geste compte. Je suis certaine que ce jour-là, quand elle a refusé de se lever, Rosa ne croyait jamais changer autant le cours des choses... Tu penses qu'un jour j'accomplirai de grands gestes, moi aussi, Béa?

Mon amie soupire.

– Encore cette discussion! Tu te mets tellement de pression, Rosie... Nous avons seulement 17 ans! 17! Laisse-toi le temps de vivre un peu avant de te considérer responsable du sort de l'univers!

Elle a raison, bien sûr. J'engouffre ce qui reste de mon millefeuille en une énorme bouchée. Je me lève, mon chocolat chaud dans une main, l'autre main agrippant désespérément mon jean pour tenter de le tirer vers le bas et de cacher la ligne de coton blanc que tout le monde doit voir à des kilomètres à la ronde. Béa se lève à son tour.

– Magasinage *time*! Qu'est-ce qui te ferait plaisir, Rosie? Tu as besoin de quelque chose ? Un nouveau rouge à lèvres ? Un bracelet ? Un chandail ?

J'hésite. Je finis par répondre :

– Un poisson.

– Euh... je ne suis pas sûre de te suivre. Tu veux dire... un *vrai* poisson ?

Petit signe de tête de ma part.

– On peut savoir d'où vient cette idée soudaine ?

Petit haussement d'épaules gêné de ma part. Je finis par admettre :

– J'ai dit à Arthur que j'adooooorais les poissons !... Ce serait bien que j'en aie au moins un. Et puis... ça nous ferait un sujet de discussion.

– Arthur, Arthur, Arthur... je te dis que j'ai hâte de le rencontrer, ce voisin-là !

Je ne peux m'empêcher de la taquiner :

– Si tu n'avais pas joué les courants d'air en te réfugiant dans la salle de bains, le samedi où on s'est fait un masque, ce serait déjà fait !

Béa répond d'un air amusé:

– N'empêche que j'ai bien fait d'insister pour que tu ailles répondre, ce soir-là. Au fond, c'est grâce à moi que tu connais ton prince charmant...

Je grommelle:

– Hum... Il est un peu tôt pour parler de prince charmant... Il faudrait d'abord que je réussisse à aligner trois mots cohérents quand je parle av...

BANG! Quelqu'un me heurte brusquement, fonçant dans mon épaule droite. Oui, l'épaule en haut du bras qui tient le chocolat chaud que je n'avais pas terminé. Oui, oui, le chocolat chaud qui vient juste de tout éclabousser mon t-shirt gris pâle.

Je me retourne pour voir le coupable.

– Je suis vraiment désolée! me dit, avec un sourire étincelant, une fille qui doit avoir à peu près mon âge. Une cliente a oublié sa carte de crédit dans la boutique et je cours après pour la lui remettre. Excuse-moi!

Elle repart en courant derrière sa cliente. Je ne peux même pas lui en vouloir, elle est si sympathique. Et mignonne comme tout, en plus. La fille est vêtue comme une carte de mode, elle semble très gentille, elle a des cheveux impeccables, un physique parfait... et on ne voit pas ses bas. Du tout, du tout, du tout. Je pousse un soupir terrible. Moi, j'ai un t-shirt marbré de chocolat, un jean trop court et des bas de coton blanc tout mous qui dépassent. En plein ce dont j'ai besoin pour augmenter ma confiance en moi. Je baisse la tête, et j'aperçois, en prime, une dizaine de miettes de millefeuille collées à mon t-shirt.

Parfois, je trouve la vie injuste.

TROISIÈME PARTIE

Les poissons

Chapitre 9

J e reprends l'autobus pour rentrer chez moi. Pas de lecture, cette fois. Je guette attentivement la porte : à la moindre femme enceinte ou personne âgée, je céderai ma place. Je suis si stressée que je finis par offrir mon siège à un homme d'environ 50 ans... qui refuse, s'éloigne de moi et semble bien insulté. Il me jette des regards noirs jusqu'à ce que je descende enfin du bus.

Je rentre à la maison en tenant précautionneusement mon sac entre mes mains. Mes parents préparent tranquillement le souper du vendredi, une coupe de vin à la main, en discutant de leur semaine.

– Gros achats, mon Émilie-Rose ! s'exclame maman en se tournant vers moi. Béa n'est pas avec toi ?

– Non, je garde Alice, ce soir. Elle vient souper avec nous, tu te rappelles ? Je te l'avais dit...

– Oh, c'est vrai, ça m'était sorti de l'esprit.

Une voisine de notre rue, Marjorie, élève seule sa petite fille. Le père est parti quelques mois après la naissance d'Alice et n'a plus donné de ses nouvelles depuis. Trop de mal à accepter la situation, je crois... Car Alice est trisomique. Elle est adorable, affectueuse comme tout, mais elle ne se développera jamais comme les autres enfants de son âge. Marjorie étant seule avec son emploi, sa fille et tout, je lui propose parfois de me laisser Alice pour quelques heures. Le plus souvent, Marjorie est si épuisée qu'elle se contente de rester chez elle, de lire ou de traîner dans un bain moussant. Parfois aussi elle va au cinéma ou sort avec des amis. Elle me dit toujours que ces quelques moments dans la semaine sont des oasis qui lui permettent de tenir le coup. Alice est si adorable que ce n'est vraiment pas une corvée pour moi de l'occuper une soirée de temps à autre!

Ma mère regarde mon sac de plastique blanc d'un air intrigué.

– Attends... laisse-moi deviner : un nouveau manteau?

Je fais signe que non en déposant doucement mon sac sur la table.

– Une paire de jeans? propose papa.

– Pourquoi? Tu trouves les miens trop courts, c'est ça? Mes bas te dérangent?

Mon père semble étonné de ma réponse agressive... Bon, je deviens peut-être un peu paranoïaque. Du calme!

– Euh... pas du tout, répond papa, j'essayais juste de deviner. Ton jean est très bien. Tes bas aussi.

Je suis certaine qu'il admire même mon t-shirt taché! Le pire, c'est qu'il est sincère. Papa est comme ça, il ne remarque rien du tout en ce qui concerne la tenue vestimentaire. Je hausse les épaules.

– Vous ne le devinerez jamais, de toute façon. J'ai acheté...

La sonnerie du téléphone m'interrompt. Ma mère répond et se met à parler joyeusement avec Tonio. Mon père, intrigué, ne lâche pas prise. Il reprend aussitôt la discussion :

– Alors, qu'est-ce que tu nous caches dans ce sac ?

Je sors un petit aquarium rectangulaire et un sac... avec un poisson dedans.

– Un poisson ? s'exclame mon père, ébahi.

– Mais oui. Un betta. Le commis m'a dit que n'importe qui peut s'occuper de ces poissons-là, que c'est très facile.

J'en ai déduit que je faisais partie de n'importe qui et, donc, que je pouvais m'occuper du poisson en question. Papa demande d'une voix hésitante :

– Mais... tu t'intéresses aux poissons ?

– Oui. Beaucoup. J'adore les poissons.

– Ah bon.

Maman me tend le téléphone.

– Pour toi. C'est Tonio.

Je parle un instant à mon grand-père, qui me demande si je peux aller travailler quelques heures à la librairie demain matin. Pendant notre discussion, je vois ma mère me faire de grands signes et tenter d'attirer mon attention. Je pousse un soupir.

– Attends un peu, Tonio. Il semble y avoir une urgence nationale, ici. Je te reviens tout de suite.

Je demande à ma mère ce qu'elle veut.

– Tu as acheté *un poisson*?

– Excellent sens de l'observation. Bravo, maman!

– Mais, Émilie-Rose, tu ne t'es jamais intéressée aux poissons...

– J'aime beaucoup les poissons, tu sauras.

J'essaie d'avoir l'air le plus convaincu possible. Je regarde le poisson bleu qui frémit à peine dans son petit sac. Il me regarde aussi, l'air de se demander ce que je vais faire avec lui. Vu mon expérience dans le domaine, il a bien raison de s'inquiéter. Je retourne à ma conversation téléphonique.

– Qu'est-ce qui se passe? demande Tonio.

– Ma mère est surprise parce que je viens de m'acheter un poisson.

– Toi? Un poisson? Mais pourquoi?

– Parce que J'ADORE les poissons, bon!

J'ai presque crié. Mieux vaut que je raccroche. Mes parents, peu habitués de me voir m'énerver ainsi avec Tonio, restent bouche bée, les yeux ronds. Ils me font tout à fait penser à mon poisson.

Sans un mot, la mine sombre, je m'assois à table pour installer mon aquarium: petites pierres dans le fond, une fausse plante aquatique en guise de décoration... Quelques minutes à peine et on cogne à la porte. Alice bondit sur moi, me serre très fort dans ses bras et se plante le nez dans mon nombril. Ma bonne humeur revient. J'éclate de rire. Marjorie entre un moment nous saluer, mes parents et moi.

– Je la reprends dans deux ou trois heures, ça te va, Émilie-Rose?

– Prends tout le temps qu'il faut, Marjo, je n'ai rien d'autre de prévu ce soir.

Elle me remercie à maintes reprises, pose la main sur la poignée de porte pour sortir, remarque mon attirail sur la table.

– Un poisson! C'est à qui? À toi, Émilie-Rose?

– Oui, je viens de l'acheter.

– Je ne savais pas que tu t'intéressais aux poissons!

Grrrr! J'ai envie de hurler. Est-ce qu'il existe un règlement spécial pour se procurer un poisson? Doit-on faire publier dans le journal une mention certifiant notre intérêt pour tout ce qui vit dans l'eau? Avant de procéder à l'achat, faut-

97

il être reconnu par l'OAPP, l'Organisation de l'Amour Pour les Poissons? Si j'avais acheté une casquette, est-ce que tout le monde m'aurait dit «Ah bon, je ne savais pas que tu aimais les casquettes?» ou «Tiens, tu t'intéresses aux casquettes!»? Je suis certaine que non. Alors peut-on laisser mon poisson tranquille? Et surtout, peut-on ME laisser tranquille?

Je suis exaspérée. Et même, furieuse. Contre ma mère, mon père, Tonio, Marjorie... mais surtout contre moi-même. Tout ça à cause de ce satané pseudo-Taylor-Lautner! Et encore, il possède un poisson... S'il avait fallu que ce soit un boa constrictor!

Marjorie s'en va, Alice défait son étreinte et court vers la table. Elle regarde mon poisson avec de grands yeux. Elle répète sans arrêt «Ooooh!» d'un ton ravi. Avant qu'elle dise quoi que ce soit à son tour, je déclare:

– Eh oui, je me suis acheté un poisson.

Alice déclare avec tout le sérieux du monde:

– Ro… Rosie aime les… les poissons.

Enfin une qui me comprend ! J'éclate de rire et je l'embrasse sur le front.

– Et Rosie aime beaucoup Alice, aussi !

Mes parents sourient, attendris. Je serre Alice bien fort contre moi, j'oublie ma colère, mes bas blancs, mon jean trop court et mon t-shirt sale. Sur la table, le betta me regarde avec ses gros yeux ronds. Bon, maintenant que c'est bien clair pour tout le monde que j'aime les poissons, allons-y, occupons-nous de lui !

Chapitre 10

Ce matin, je me suis réveillée tôt et je n'arrive pas à me rendormir. Je pense à mon travail de français que je devrai commencer, je pense à la chance que j'ai d'avoir Béa dans ma vie, je pense au voisin, bien sûr, et donc à mon tout nouveau poisson, je pense à la vendeuse qui m'a foncé dedans hier, au centre commercial... Comment a-t-elle fait pour s'excuser avec autant d'élégance, et en même temps si gentiment ? Je me connais : si j'avais été responsable de l'incident, je serais d'abord devenue rouge tomate, puis je me serais mise à bafouiller, j'aurais marmonné quelques excuses avant de m'enfuir en souhaitant que le plancher s'ouvre sous mes pieds dès que possible...

Plus j'y songe, plus je me dis que travailler dans une librairie ne doit pas

m'aider. Les filles qui travaillent dans les boutiques ont toutes l'air sûres d'elles, elles portent de beaux vêtements, elles ont des looks à la mode. En quoi travailler entourée de livres, de deux divans bleus et de trop rares lecteurs peut-il m'aider à devenir une fille *in*? En même temps, est-ce que je souhaite tant que ça être une fille *in*? Ooooh! De toute ma vie, je ne me suis jamais posé autant de questions que ces semaines-ci...

Après tout, je n'ai rien à perdre à essayer. Je vais me faire un *curriculum vitae* et aller le porter dans quelques boutiques. On verra bien! En plus, Tonio n'a pas vraiment besoin d'aide... Il me donne quelques heures ici et là plus pour me rendre service que par nécessité, je crois... J'essaie d'avoir la conscience tranquille, mais pour être honnête, je sais que mon grand-père sera déçu. Il est ravi que j'aime les livres autant que lui. Pourquoi est-ce impossible de plaire à tout le monde? Pourquoi ne pourrais-je pas être le genre de personne qui change les choses, le genre que mon père admire, par exemple, et savoir aussi comment attirer les gars comme Arthur? Soupir...

Après le petit-déjeuner, je me mets au travail. Pas facile, à mon âge, de faire un CV. À part mon emploi à la librairie, je ne sais pas quoi indiquer... Et je ne suis même pas sûre d'avoir envie de le mentionner... Supposons qu'un gérant appelle Tonio pour avoir des références? Aaaaah! C'est bien compliqué, tout ça! Puis-je écrire «gardienne d'enfants»? Ça ne fait pas très sérieux. En quoi est-ce que ça va m'aider dans une boutique? «Allez-y, madame, magasinez tranquillement, je m'occupe de votre enfant... J'ai déjà gardé, vous savez!»

Je me débats un bon moment devant l'ordinateur, je finis par faire un CV qui tient dans une page, qui mentionne nom, âge, adresse, numéro de téléphone, le fait que je parle français et un peu anglais. J'ai envie d'indiquer que je possède un poisson bleu, mais je décide de ne pas le faire. Et si les gérants des boutiques que je visiterai n'avaient pas le sens de l'humour? J'imprime le CV en plusieurs copies. Le cœur un peu lourd, je les glisse dans une enveloppe avant d'aller à la librairie. Après le travail, j'irai faire la tournée des boutiques. Je me sens comme une tricheuse. Une traîtresse. C'est terrible.

Je dois être à la librairie dans 15 minutes. Je sors de la maison, l'enveloppe entre les mains. Elle semble peser une tonne. Je ne suis pas sûre d'aimer mon idée. Un cri attire mon attention :

– Salut !

Arthur est dans le cadre de porte, chez lui, en train de ramasser le journal sur le balcon. Je me demande comment je pourrais lui mentionner subtilement que j'ai un poisson. Je ne trouve rien. Je me contente de dire :

– Salut !

– Tu es matinale pour un samedi !

– Je m'en vais travailler…

– Où tu travailles ?

Je me mords les lèvres. Je n'aurais pas dû en parler… Je réponds quoi ? J'invente un nom de boutique ? Je lui dis que nous n'en sommes pas encore là dans notre intimité, que je lui répondrai quand on se connaîtra mieux? La vérité est tellement moins compliquée... Je dis simplement:

– Dans une librairie.

Il me regarde un moment en silence et il sourit. Il est vraiment plus beau que Taylor Lautner, finalement! Rien à voir. Il doit se demander quoi répondre à cela. Ah bon, tu es vraiment une intello, alors? Ou même une *nerd*, s'il est un peu moins gentleman... À ma grande surprise, il finit par dire:

– Wow! C'est vraiment *cool*. La plupart des filles que je connais rêvent de travailler dans des boutiques de mode. Moi, la mode, bof... J'irai te visiter, si tu veux!

– Ça me ferait plaisir! C'est la petite librairie à dix minutes d'ici, en bas de la côte. Oh, j'ai oublié quelque chose... Bonne journée, Arthur!

Je suis si fière de moi! J'ai réussi à lui répondre à peu près normalement, j'ai réussi à montrer que je me souviens de son prénom et je n'ai plus la moindre envie de changer de boulot !

Je rentre dans la maison à toute vitesse. Je n'ai rien oublié du tout. J'avais juste quelque chose de très important à faire : je déchire les copies de mon CV en mille miettes et je les jette au recyclage. Puis, je sors et je pars pour la librairie, le pas léger, le cœur tranquille.

Chapitre 11

Plus qu'une heure de travail et Tonio viendra me remplacer. Que faire ensuite de ce beau samedi après-midi ensoleillé ? Le carillon de la porte me sort de mes pensées. Chaque fois que la porte s'ouvre, ce matin, je me répète : « Pourvu que ce soit Arthur, pourvu que ce soit Arthur... » Bien entendu, ce n'est jamais lui.

Cette fois ne fait pas exception. Un homme d'une cinquantaine d'années entre et se met à fouiller dans les rayons après m'avoir saluée. Il touche à tous les livres, les regarde, les replace, soupire, recommence son manège... Dans dix minutes maximum, il me demandera de l'aide, j'en suis sûre. Je serais prête à parier. Un moment plus tard, la porte s'ouvre de nouveau. C'est Béa qui, en habituée des lieux, vient se chercher un chocolat chaud au comptoir et s'installe sur un des divans bleus, les jambes repliées sous elle.

– Tu finis bientôt, miss?

– Un peu moins d'une heure.

– Qu'est-ce qu'on fait après?

Nous discutons un moment de nos projets et choisissons d'aller marcher en ville. Le mois de mai s'est installé, le temps est doux, c'est la journée parfaite pour aller jouer aux touristes dans la vieille ville!

Le client quitte finalement les rayons et se dirige vers moi. Huit minutes depuis son arrivée. Pari gagné!

– Bonjour, mademoiselle, vous pouvez peut-être m'aider... Je cherche un livre.

– Avec plaisir, monsieur. Quel est le titre?

– Je ne me rappelle pas. C'est pour offrir à ma femme, elle m'en a parlé récemment...

– Ça vient de sortir?

– Non, c'est paru il y a au moins deux ou trois ans.

– Aucune idée du titre ?

Il fait non de la tête. Derrière son épaule, je vois Béa sourire.

– Connaissez-vous le nom de l'auteur ?

La tête s'agite encore. Non, non. Le sourire de Béa s'élargit.

– La maison d'édition ?

Non, non, non. Bon. Je vois clairement Béa pouffer de rire, le nez dans son chocolat chaud. J'hésite entre soupirer ou rire avec elle. Je tente néanmoins de rester polie.

– C'est un roman ? Pourriez-vous me dire un mot sur l'histoire ?

– Euh… ouf… l'histoire… Eh bien, il me semble que… ça parle d'amour. Un amour impossible, je crois.

– Oh là là… Nous avons beaucoup de livres qui peuvent correspondre à cette description. Vous devriez peut-être appeler la personne à qui vous voulez l'offrir, pour avoir le titre?

– C'est pour une surprise... Je n'ose pas. Je repasserai, plutôt.

Aussitôt que la porte se referme, Béa et moi laissons libre cours à nos fous rires. Béa affiche une mine professionnelle et dit d'un ton pincé:

– Pourriez-vous être un peu plus vague, monsieur? Vous me donnez trop d'informations, j'en suis tout étourdie!

L'heure s'écoule agréablement. Plus que dix minutes avant que Tonio arrive. Je demande à Béa:

– Tu as commencé ton travail de français? Il reste seulement une semaine avant de le remettre...

– Oui, ça avance bien. Il faut que je parle à Tonio, d'ailleurs, à ce sujet-là.

– Tu as besoin de livres? Je peux t'aider à en trouver. Le fais-tu sur Barack Obama, finalement?

– Euh… non, c'est beau, je vais attendre Tonio, répond évasivement Béa.

Je suis un peu vexée. Évidemment, mon grand-père est plus connaisseur que moi, mais je me débrouille bien côté livres, quand même. Et puis, en fouillant dans l'ordinateur, je pourrais facilement l'aider à trouver les bons ouvrages. Je n'ai pas le temps d'ajouter quoi que ce soit, Tonio fait son entrée.

– Bonjour, les jolies demoiselles !

Une cliente arrive au même moment que lui, un garçon de trois ou quatre ans traînant les pieds derrière elle, concentré sur une boîte de plastique qu'il tente d'ouvrir. Il tient fermement entre ses dents un suçon mauve. La dame vient me poser une question. Pendant ce temps, Béa discute avec Tonio, qui l'entraîne vers le fond de la librairie, dans le coin des biographies. J'indique à la cliente où trouver le livre qu'elle cherche. Son fils reste devant moi, la boîte dans les mains, le front tout plissé.

– Tu veux que je t'aide ?

111

Je quitte le comptoir et vais le rejoindre. Pendant qu'il tient fermement la boîte, je tire sur le couvercle. Rien ne se passe. Je tire plus fort... Encore plus fort... Voilà, ça vient... Oumpf! Le couvercle s'arrache brutalement de la boîte; sous le choc, le garçon tombe sur les fesses, ouvre la bouche et se met à pleurer. Le suçon fait un vol plané. Je tombe aussi par terre, contre un des divans bleus. Les blocs Lego que contenait la boîte se sont éparpillés sur le sol. Je ne vois pas où est passé le suçon. Le gamin pleure de toutes ses forces. Sa mère bouquine tranquillement. Soit elle ne l'entend pas, soit elle est tellement habituée qu'elle ne réagit plus. Aucune aide à espérer de ce côté. J'essaie de calmer l'enfant:

– Ça va aller, ce n'est pas grave, viens, on va les ramasser.

Me voilà à genoux dans la librairie, des blocs Lego partout autour de moi, à les traquer un à un pour les remettre dans la boîte. Le garçon est toujours inconsolable. La porte s'ouvre, le carillon sonne. Les dents serrées, je me répète : «Pourvu que ce ne soit pas Arthur, pourvu que ce ne soit pas Arthur... »

Bon.

Bien sûr.

C'était à prévoir.

Je lève la tête et je vois mon charmant voisin, qui semble un peu étonné. Évidemment, si on s'attend à ce qu'une librairie soit un havre de paix, une oasis de calme où les commis chuchotent et les clients feuillettent des livres sereinement, la situation a de quoi surprendre. Arthur bafouille :

– Euh... je vois que tu es occupée. Je tombe mal, je pense. Je ne veux pas te déranger. Je te laisse travailler, je repasserai une autre fois.

Et il ressort aussitôt. Quel gâchis... La malédiction continue ! Je pousse un soupir... Sur mon épaule, une petite chose mauve et dégoulinante attire mon attention. Je viens de retrouver le suçon. Je n'ai qu'une envie : m'asseoir à côté de l'enfant et pleurer encore plus fort que lui.

Chapitre 12

C'est dimanche, et le mois de mai semble bien décidé à nous offrir du soleil en cadeau! J'en oublie mes petits soucis d'hier. Je me lève en chantonnant, je déjeune en chantonnant, je me brosse les dents en chantonnant... mais au bout d'un moment je dois arrêter, car ça éclabousse partout. Le téléphone sonne: c'est Béa, à qui le beau temps semble donner une énergie folle. Mon amie est déjà du type très énergique. Ce matin, elle frôle l'hyperactivité.

– Qu'est-ce que tu fais en dedans, ma belle Rosie? DEHORS! Il fait un temps superbe! Il faut en profiter! On ne peut pas rester enfermé par une journée pareille!

Je n'ai pas le temps de répondre, de lui dire par exemple qu'après tout, il n'est que

9 heures, un dimanche matin… Qu'est-ce que je ferais bien dehors toute seule aussi tôt? Béa continue de monologuer avant de me lancer:

– Allez, prépare ton vélo, j'arrive chez toi dans dix minutes! On fait notre première randonnée de l'année! J'adooooore le printemps!

Elle raccroche. Je n'ai pas réussi à placer un mot. Mais je n'ai aucunement l'intention de refuser, de toute façon! Je meurs d'envie de l'accompagner. On ne peut pas résister à Béa!

Je cours m'habiller. Pendant ce temps, à table, en train de boire leur troisième café, mes parents commencent la journée tranquillement. Mon père lit le journal avec attention et commente à voix haute, pour lui-même sans doute, car maman pianote sur son BlackBerry. C'est dimanche, c'est congé, il fait beau, chacun s'adonne à sa passion, ils sourient, ils sont contents. Drôle de couple, mes parents!

Quelques minutes à peine et je suis prête. Je sors chercher mon vélo dans le cabanon… et qui vois-je, dans l'entrée de la maison? Béa, debout à côté de son vélo, semblant parfaitement à l'aise, comme toujours, en grande discussion avec Arthur. Le beau Arthur. Déjà, hier, j'étais un peu vexée que Béa demande de l'aide à Tonio plutôt qu'à moi pour son travail de français. J'ai laissé passer sans en reparler, n'ayant pas envie de faire des histoires. Mais là, je dois l'admettre, ça me dérange de voir Béa discuter si facilement avec ce gars qui m'intéresse et à qui j'ai du mal à adresser trois mots cohérents… Je n'ai plus du tout envie de chantonner. Je sais, c'est laid, la jalousie, mais c'est plus fort que moi. En fait, je ne suis pas jalouse, je suis inquiète. Morte de trouille. Béa est si charmante, super dynamique, attirante, toujours souriante. Pas gênante du tout. Pas le genre à se mettre à bredouiller devant un voisin trop beau. Tout le monde craque pour elle.

Bon, arrête de te raconter n'importe quoi, Rosie, ce n'est pas de l'inquiétude. C'est de la jalousie. Purement et simplement.

J'entre dans le cabanon en grommelant. Je sors mon vélo en grommelant. Je referme la porte en grommelant. Je me dirige vers Béa et Arthur en grommelant. J'arrive devant eux... et je leur adresse mon plus beau sourire. J'ai quand même ma fierté!

– Je vois que vous avez fait connaissance?

Arthur fait un signe de tête joyeux. Béa répond:

– Eh oui! J'ai même invité Arthur à venir faire du vélo avec nous...

Mon cœur fait trois tours. C'est ma première sortie à bicyclette de l'année. Je n'ai aucun doute: dans 20 minutes maximum, j'aurai les jambes raides, je passerai mon temps à me plaindre, je serai en sueur, de grosses gouttes rouleront sur mon front, mes cheveux colleront à ma tête sous mon casque... catastrophe! Il me verra avec mon casque de vélo! J'ai l'air d'un extraterrestre avec cette chose sur la tête! La honte! J'ai envie de retourner à l'intérieur et de me blottir sous mes couvertures pour ne plus jamais en ressortir. Mais Béa conclut:

– … mais il ne peut pas, aujourd'hui! Ce sera pour une prochaine fois.

Mon cœur se remet à battre normalement. Du moins, aussi normalement qu'il le peut quand Arthur est dans les parages. Ouf!

– J'ai promis à ma mère de l'aider, explique Arthur. Il reste encore deux pièces à peinturer.

Béa accote son vélo sur le mur de la maison et s'exclame joyeusement:

– Bon, je vous laisse à votre discussion! Je vais saluer tes parents, Rosie.

Notre discussion? Quelle discussion? Nous étions en train de parler, nous? De quoi, grands dieux? Je suis complètement affolée. Je ne sais pas quoi dire à Arthur. Et Béa a disparu. Le voisin me sourit gentiment:

– Grosse journée à la librairie, hier?

Super.

Oui, parlons du moment où il m'a retrouvée à quatre pattes en train de ramasser des Lego devant un enfant en pleurs, un suçon mauve collé sur l'épaule. Je serai sûrement plus à l'aise. À moins qu'on parle du dentiste ? De l'allure que j'ai avec un morceau bizarre coincé dans la bouche et un filet de bave sur le menton ? Je me contente de répondre :

– Oui, commis dans une librairie, c'est un emploi plus dangereux qu'on pourrait le croire !

Arthur rit. Ses yeux sombres plongent dans les miens. Il est si... tellement... Le silence se prolonge. Son regard insistant aussi. Malaise. Émue, je bredouille :

– Euh... bon, je vais voir si Béa est prête. Bonne journée !

Sans lui laisser le temps de répondre, je le plante là et je file à l'intérieur. Béa, en grande discussion avec mes parents, se tait et me lance un regard découragé.

– Déjà prête à partir, Rosie ?

Je fais signe que oui.

– On reparlera de tout ça ! lance mon amie à mes parents.

Ils nous saluent chaleureusement. Mon père a arrêté de lire son journal, ma mère a lâché son bidule électronique. Je soupire. Même avec mes parents, Béa semble plus à l'aise que moi.

Nous sortons de la maison. Je constate avec soulagement qu'Arthur a disparu. Je ne suis pas bien fière de moi, encore une fois… Comment ai-je pu le planter là aussi cavalièrement ? Rien à faire : quand Arthur est dans le coin, je perds mes moyens. Nous enfourchons nos vélos et prenons la route. Le sport et le soleil ont tôt fait de m'aider à retrouver ma bonne humeur. Après quelques minutes, je dis à Béa :

– Il est mignon, hein ?

– Qui ? demande mon amie, en souriant innocemment.

Je soupire.

– Mon père !!!

– Ah oui, répond Béa, le plus sérieuse-ment du monde. Il est pas mal du tout.

Nous éclatons de rire. Elle ajoute :

– Oui, c'est un beau gars, ton Arthur, tu as raison. Il a aussi l'air très gentil… Tu devrais essayer de lui parler pour de vrai !

Je proteste un peu.

– Je lui parle, Béa ! J'essaie ! Mais chaque fois, la situation tourne mal…

– Vraiment, tu lui parles ? Qu'est-ce que tu sais de lui ?

– Il s'appelle Arthur. Il… il a déménagé. Il a des poissons.

Béa, qui roule à mes côtés, m'adresse un regard moqueur :

– Il est en cinquième secondaire. Il vit seul avec sa mère, ses parents viennent juste de se séparer, c'est pour ça qu'il a déménagé. Il travaillait dans un dépanneur qui était tout près de chez lui avant, mais maintenant qu'il habite par ici, c'est à l'autre bout de la ville, pas pratique. Il se cherche autre chose. Cinq minutes, Rosie. Ça m'a pris cinq minutes pour apprendre tout ça.

Elle accélère, me dépasse et lance :

– Ah oui, et si jamais ça t'intéresse, au fait, je crois qu'il est célibataire !

Elle s'éloigne.

Ça y est. Il a flirté avec ma meilleure amie. Pourquoi lui aurait-il donné cette information, sinon ? Béa se retourne pour voir où je suis. Elle immobilise son vélo sur le côté de la route. Je m'arrête derrière elle. Un large sourire sur les lèvres, elle me dit :

– Je sais que ce n'est pas du tout ton genre de te faire des idées… Alors avant que tu te mettes à penser que je sais qu'il est célibataire parce qu'il s'intéresse à moi, je voulais juste préciser qu'il m'a demandé si tu avais un chum. Oui, toi, Rosie. Donc, je pense qu'il est célibataire.

Et elle repart dans un grand éclat de rire. Je me remets en route derrière elle, pleine d'une énergie nouvelle. Nous roulons depuis 35 minutes. J'ai les jambes raides, je suis en sueur, de grosses gouttes roulent sur mon front, mes cheveux collent à ma tête sous mon casque… mais je n'ai pourtant pas envie de me plaindre. Du tout, du tout, du tout. J'adooooore le printemps, moi aussi ! Et j'adooooore Béa !

Chapitre 13

J'ai le moral un peu à plat en ce lundi tout gris. J'ai l'impression que Béa s'éloigne de moi. J'ai d'autres amies, bien sûr, mais aucune n'est comme Béa. Nous sommes inséparables depuis des années. Nous nous comprenons tout de suite, sans avoir besoin de parler. Nous nous voyons chaque jour et n'en avons jamais assez. D'habitude, nous faisons tous nos travaux et devoirs ensemble, en jasant tranquillement et en écoutant de la musique que nous aimons. Nous arrivons même à faire de ces moments quelque chose d'agréable. Je dis « d'habitude », car il semble que ce n'est plus le cas...

Après l'école, quand j'ai demandé à Béa si on faisait notre travail de français chez elle ou chez moi, elle a paru mal à l'aise.

– Euh… écoute, Rosie, je pense qu'on ne peut pas vraiment travailler ensemble sur ce projet… Si ça ne te dérange pas, j'aime autant aller le finir seule, chez moi. On se reprendra, OK ?

Je suis rentrée à la maison le cœur un peu lourd. Qu'est-ce qui se passe avec mon amie ? Nous avons fait des travaux de ce genre ensemble des dizaines de fois… Pourquoi pas celui-là ? Préoccupée, je m'installe à la table pour finir d'écrire mon texte. J'essaie de me concentrer sur mon ordinateur portable. Allons, à nous deux, Rosa !

Le début est laborieux. Je pense à Béa, à Arthur… puis j'arrive enfin à me replonger dans l'existence de Rosa Parks. Je comprends pourquoi mon père insistait pour que je porte son prénom : quel personnage ! C'est incroyable : à la suite de son refus de céder sa place à un Blanc dans l'autobus, elle a même reçu des menaces de mort… Le monde est fou ! Elle a dû quitter Montgomery pour s'installer à Détroit. Dans les années suivantes, avec son mari, Rosa a travaillé à mettre sur pied une association pour aider à éduquer les jeunes et elle a parcouru les États-Unis afin de promouvoir la défense des droits civils. Cette femme me fascine, je l'avoue ! J'en suis à mettre le point final à mon texte quand on cogne à la porte. Il ne me restera qu'à tout relire et corriger, et ça y est !

Je lève le nez de mon travail avec l'espoir que ce soit Béa qui a changé d'idée et qui vient me rejoindre. Mais c'est plutôt le visage jovial d'Alice qui apparaît à la fenêtre. Je m'empresse de lui ouvrir.

– J'espère qu'on ne te dérange pas, Émilie-Rose ? demande poliment Marjorie. Alice demande à te voir depuis hier. En fait, je crois que c'est surtout ton poisson qui l'attire !

– Pas de problème, Marjo !

Je me penche vers Alice.

– On va voir mon betta ?

Le sourire qui illumine son visage me fait aussitôt oublier mes petits problèmes. Je terminerai mon travail plus tard. Ensuite, j'appellerai Béa pour lui parler.

Lui demander franchement ce qui ne va pas. Une fois cette décision prise, j'ai déjà l'esprit plus léger.

– Va préparer ton souper, Marjorie, je te ramène Alice dans une demi-heure maximum.

Le sourire de la mère vaut bien celui de sa fille! Dès que Marjorie s'en va, j'entraîne Alice vers l'escalier qui monte à l'étage, où se trouve ma chambre.

– Viens, on va donner à manger à ce poisson-là. Et il faudrait bien lui trouver un nom, qu'en penses-tu?

Des idées de noms me viennent en tête: Lancelot? Perceval? Grrr... Il faut que j'arrive à chasser Arthur de mon esprit un peu! Allez, ouste, les chevaliers de la Table ronde! Alice entre dans ma chambre et va droit vers le bocal. Moi, je me dirige plutôt vers ma commode pour y prendre le petit pot de nourriture.

– Ro-Rosie... Il... il dort, le poisson.

– Je ne pense pas, ma belle Alice ! On ne les voit pas dormir, normalement, ces petites bêtes...

Je ne connais pas grand-chose aux poissons, c'est vrai. Tout le monde s'entend pour le dire : mon père, ma mère, Tonio... Mais selon ce que j'en sais, vu mon intérêt récent pour eux, il me semble bien que je n'ai jamais entendu parler d'un poisson qui dort... Alice insiste :

– Oui... il... il dort sur le dos.

Oh oh. Ça ne sent pas bon. Je parle de la situation, pas du poisson. Je m'approche du bocal. En effet, mon betta bleu flotte à la surface. Pas endormi. Mort. Bel et bien mort, sans le moindre espoir de résurrection. À mes côtés, Alice me fixe avec de grands yeux soucieux. Réfléchis, Rosie. Un poisson mort, on fait quoi, avec ça ? JE NE SAIS PAS !!! Je n'ai jamais eu de poisson ! Je ne me suis jamais particulièrement intéressée aux poissons. Et je peux bien l'avouer, maintenant, je n'aime pas vraiment les poissons... Mais quand même, je ne peux pas jeter mon betta dans la poubelle, tout simplement... À moins que j'appelle à l'animalerie? On va rire de moi... Que je demande à Arthur? Plutôt mourir! Quelqu'un qui adoooore les poissons autant que j'ai prétendu les adorer doit les connaître un peu, quand même...

Je dis doucement à Alice:

– Mon poisson ne fait pas dodo, il est mort... Tu sais ce qu'on va faire? On va l'enterrer.

Alice approuve avec enthousiasme, comme si je lui proposais un nouveau jeu excitant. Je fouille un moment dans ma chambre et finis par trouver une petite boîte de bijoux en carton qui fera très bien comme cercueil de poisson. Alice et moi plaçons un mouchoir dans le fond de la boîte. Avec une mini-épuisette, je récupère le corps de mon betta et le dépose sur le mouchoir. Ouh là. Pas très joli. Je ferme rapidement la boîte.

– Viens, me dit Alice. On... on va l'enterrer.

Elle descend l'escalier à toute vitesse, moi sur ses talons. Nous allons dans le cabanon. J'y prends une petite pelle de jardinage. Je vais creuser un trou sous le lilas. L'ambiance est tout à fait propice à une cérémonie de ce genre. Le ciel est gris, les nuages sont lourds. Le soleil de la fin de semaine semble bien loin déjà. Alice, debout à côté de moi, affiche un petit air triste de circonstance. Le trou n'est pas bien profond. Un cadavre de betta, ça ne prend pas beaucoup de place. J'y dépose la boîte blanche. Je m'apprête à reboucher le trou quand Alice intervient:

– A... attends, Rosie. Dis quelque chose de... de gentil.

Bon.

Hum hum.

Je réfléchis.

Quelque chose de gentil.

Je finis par déclarer:

– Tu... tu es le meilleur poisson que j'aie jamais eu.

Alice semble toute contente. Et je n'ai même pas menti. C'est le seul poisson que j'aie eu de ma vie.

Je reprends la pelle de jardinage pour combler le trou quand une voix me fait sursauter.

– Salut!

Je me retourne. Arthur est là. Il s'agenouille devant Alice.

– Allô, dit-il d'une voix chaleureuse. Je suis Arthur.

– L'a... l'amoureux de Rosie? demande Alice.

Je rougis. Je meurs d'envie d'aller rejoindre mon betta dans son trou. J'aurais dû creuser un peu plus.

– Euh... non, explique Arthur. Je suis son voisin. On ne se connaît pas beaucoup encore, Émilie-Rose et moi. Toi, tu es une voisine aussi?

– Je... je suis l'amie de... de Rosie.

– Alice habite près d'ici. Quand sa maman est occupée, je passe un peu de temps avec elle.

Arthur se contente d'un hochement de tête approbateur. Puis, il remarque le trou, avec la boîte blanche dedans. Intrigué, il nous interroge:

– Qu'est-ce que vous faites?

– On... on enterre le poisson.

Mon voisin me regarde d'un drôle d'air. Oups. Je sens que je rougis encore un peu plus. Je me suis sûrement trompée. À voir son regard étonné, ce n'est peut-être pas ce qu'il faut faire avec les poissons morts.

– Tu enterres ton poisson?

Je réponds platement, comme si ça expliquait tout:

– Oui. Il est mort.

Encore heureux qu'il ne soit pas vivant! Quelle précision idiote! Je rougis de plus belle. La seule bonne nouvelle, c'est que je vois mal comment je pourrais rougir davantage, maintenant. Je dois avoir atteint un seuil, il me semble. J'ai peut-être même battu le record du monde. Les vendeuses des boutiques chics toujours si à l'aise et au courant des tendances de la mode diraient probablement que je suis «rouge ardent».

– Wow, tu étais vraiment attachée à lui...

Je n'arrive pas à déterminer si le ton d'Arthur est admiratif ou moqueur. Je n'ai pas le temps d'y réfléchir très longtemps car il poursuit:

– Tu l'avais depuis longtemps?

– Mon poisson?

– Oui.

– Quand même. Assez.

Je sais, c'est plutôt vague. Mais je n'ose pas répondre «Depuis que tu m'as dit que tu en avais et que je t'ai répondu que je les adorais.» Je ne connais rien aux poissons, la chose est claire. Qu'est-ce que je sais de leur durée de vie? Trois jours, dans une existence de poisson, c'est peut-être très long. Avant qu'Arthur me demande plus de détails, je dis d'un petit ton affligé :

– Disons que j'ai eu le temps de m'attacher.

Je m'en sors plutôt bien. Il hoche la tête, compatissant. Je coupe court à la discussion qui menace de devenir encore plus embarrassante.

– Je dois aller reconduire Alice. J'ai promis qu'elle serait chez elle pour le souper.

Arthur me salue en fixant ses yeux dans les miens. Un feu d'artifice éclate dans ma tête devant son regard intense. J'ai peur de manquer de souffle. Taylor Lautner peut aller se rhabiller ! Mes oreilles chauffent tellement je rougis de nouveau. J'ai bien dû atteindre le « rouge diabolique », à présent. Ou le « rouge ensorcelé ». Je me détourne et me hâte de remplir le trou. Pendant ce temps, je vois du coin de l'œil Arthur qui tend la main à Alice :

– J'espère qu'on se reverra, Alice !

La petite lui serre la main, toute contente, et lui adresse un «Oui» excité. Arthur est vraiment gentil. Avant qu'il s'éloigne, je prends mon courage à deux mains :

– Arthur... euh... toi, quand tes poissons meurent, tu fais quoi?

Il me lance un sourire penaud avant de répondre :

– Tu vas me trouver insensible, Émilie-Rose... Je suis presque gêné de te le dire. Mais j'avoue que je les jette dans la toilette. Tout simplement. C'est ce que tout le monde fait, en général.

Il retourne chez lui.

Ah bon.

Mais oui.

Logique.

Dans la toilette.

Tout simplement.

Il fallait y penser.

QUATRIÈME PARTIE

Et moi

Chapitre 14

La journée est finie. Encore une fois, Béa a refusé mon offre de faire nos devoirs ensemble. Nous sommes mercredi, et c'est ainsi chaque jour depuis lundi. Je n'ai pas osé lui en parler, malgré mes belles résolutions. J'ai peur de la froisser. Ou d'avoir l'air bébé. Mon amie doit quand même sentir mon inquiétude, car elle me dit, juste avant de quitter l'école:

– J'ai pratiquement fini mon travail, Rosie. Je fais un sprint ce soir pour le terminer. À partir de demain, promis, j'aurai plus de temps!

Hum. On verra bien. Béa a changé, je le sens. Elle me cache quelque chose... et il n'y a jamais eu de secrets entre nous deux, pourtant.

Pour ma part, mon projet de français est terminé. Deux jours avant la date de remise, toute une première, dans mon cas! Le sujet m'a vraiment passionnée. Puisque je ne vois pas Béa et que je n'ai pas trop de devoirs ce soir, j'en profite pour aller faire une visite à la librairie sur le chemin du retour. À mon arrivée, Tonio est en grande discussion avec une cliente âgée qui lui rend souvent visite. Il m'adresse un large sourire. Je vais me chercher un chocolat chaud et m'installe sur un divan en attendant qu'il finisse sa conversation. La dame énumère longuement la liste des médicaments qu'elle doit prendre, les effets secondaires qu'ils ont sur elle, les problèmes de santé dont elle souffre. Mon grand-père l'écoute patiemment, la relance même par quelques questions. Quand elle finit enfin par quitter la boutique, Tonio se sert un café et vient s'asseoir à mes côtés en poussant un profond soupir.

– J'ai bien cru qu'elle ne partirait jamais!

– Tu avais l'air intéressé, pourtant...

– Madame Denis vit toute seule depuis des années. Parfois, l'épicier et moi, nous sommes les seules personnes à qui elle adresse la parole de toute la semaine. Elle s'ennuie terriblement... Je ne la brusquerai jamais, c'est certain. Quand elle vient ici, c'est bien plus parce qu'elle a envie de parler que parce qu'elle veut acheter des livres. L'écouter fait un peu partie de mon travail. De mon devoir, en tout cas !

C'est maintenant moi qui pousse un long soupir.

– Je ne sais pas comment tu fais ! Je me connais : au bout de 3 minutes et de 12 médicaments énumérés, je lui aurais fait sentir mon impatience !

– Hum... je n'en suis pas si sûr, Émilie-Rose. Ta mère n'arrête pas de me dire à quel point tu me ressembles !

– Peut-être, mais papa, lui, voudrait bien que je change le monde au lieu de me préoccuper des vêtements que je vais porter ou du fait que j'ai mis toute seule de l'essence dans la voiture.

– Ton père est très fier de toi, Rosie. Il le répète souvent.

– Il devrait peut-être me le dire à moi, parfois...

Un silence ému s'installe dans la librairie. Nous prenons chacun une gorgée. Un client entre et se met à bouquiner. Je m'éclaircis la voix :

– Bon, j'arrête de me plaindre et je te laisse travailler !

À ma grande surprise, Tonio me serre très fort dans ses bras avant que je quitte la librairie. Mon grand-père et moi sommes très proches l'un de l'autre, mais nous nous donnons rarement des démonstrations physiques d'affection. Tonio m'étreint et me murmure à l'oreille :

– Ne te juge pas trop sévèrement, ma Rosie.

Je sors et reprends le chemin de la maison. En tournant dans ma rue, j'ai la surprise de voir Béa. Pas devant chez moi à m'attendre, non. Elle sort de chez Marjorie, une enveloppe à la main. Le nez collé dans la fenêtre, Alice lui souffle des bisous. Ma gorge se serre. Pour quelqu'un qui doit travailler, Béa me semble plutôt loin de chez elle... Et que fait-elle chez Marjorie? Elle la connaît un peu, presque pas... sûrement pas assez pour aller faire un tour, juste comme ça, pour le plaisir.

J'accélère le pas pour aller lui demander ce qu'elle fait par ici. Mais avant que je la rejoigne, Béa saute sur son vélo et s'en va dans la direction opposée. Elle passe en coup de vent devant ma maison sans même ralentir ou jeter un coup d'œil. Pourtant, elle ignore que je ne suis pas là... Normalement, elle serait au moins venue me saluer... Comment peut-elle me faire ça?

Troublée, le cœur un peu barbouillé, j'entre chez moi. Ma mère est déjà de retour du travail. Physiquement, du moins. Psychologiquement, c'est autre chose, puisqu'elle est assise à la table, avec son portable, plusieurs dossiers étalés devant elle.

– Bonjour, Émilie-Rose ! Tu as passé une bonne journée ?

Je grommelle quelque chose qui ressemble à « Mouais ». Maman poursuit joyeusement :

– Tu as une surprise ! Je l'ai déposée dans ta chambre.

Ah ! Voilà qui explique l'attitude de Béa ! Elle est sûrement venue me porter sa surprise avant d'aller chez Marjorie ! Ça n'explique pas sa mystérieuse visite chez cette dernière, mais c'est un petit baume sur mon amitié meurtrie ! Juste pour confirmer mon intuition, je demande à ma mère :

– C'est Béa qui est passée ?

– Béa ? Non, pas du tout, je ne l'ai pas vue. Pourquoi tu dis ça ?

Bizarre. Ma mère semble mal à l'aise. Presque affolée. Mais je n'ai pas le temps d'y penser plus longtemps car elle déclare :

– Non, non, c'est le nouveau voisin qui est venu te porter quelque chose. Il a l'air vraiment gentil… Je ne savais pas que tu le connaissais!

– Arthur?! Celui qui ressemble à Taylor Lautner?

– À qui? Je ne connais pas de Taylor…

J'explique:

– Euh… laisse faire. Ce n'est pas important. C'est juste un acteur américain. Tu sais, il joue le loup-garou dans *Twilight* et…

Ma mère n'écoute plus; elle est retournée à son BlackBerry qui vient de vibrer. Elle a la même dépendance que Béa, visiblement: accro à son téléphone portable! Tant pis pour les explications! Dévorée par la curiosité, je me précipite dans l'escalier, je le grimpe si vite que je perds l'équilibre, tombe de deux marches, me remets debout, reprends ma course et réussis tant bien que mal à me rendre dans ma chambre. Sur ma commode, dans le bocal de mon défunt poisson, un sac est posé. Dedans, un gros betta me regarde d'un air ennuyé. Pas de message. J'éclate de rire.

– Hé, toi ! Tu ne sais pas ce qui est arrivé à celui qui t'a précédé, hum ? J'espère que tu n'as pas trop d'attentes quant à mes compétences ! Il faudra être prudent !

J'en oublie Béa et mes questions existentielles. Je vais à la fenêtre. J'aperçois le coin de la maison des voisins. Arthur n'est nulle part en vue. Mais tout à coup, un rayon de soleil rebondit dans la fenêtre du haut, provoquant un flash soudain. Comme un clin d'œil lumineux. Je souris. Je murmure :

– Ça, c'est un signe, Rosie, un bon signe !

J'ai l'impression que le soleil vient de m'adresser un clin d'œil juste à moi.

Chapitre 15

J'ai à peine parlé à Béa aujourd'hui. J'ai beau chercher, je ne comprends toujours pas pourquoi elle a changé ainsi ces derniers temps. Je devrai sûrement la questionner un jour ou l'autre mais, pour l'instant, je n'ose pas... J'espère sans doute secrètement que tout rentrera dans l'ordre, que tout redeviendra comme avant. Je flâne sous la douche brûlante depuis un long moment. Je me décide enfin à en sortir. Je drape mes cheveux mouillés dans une large serviette rouge. Pendant que je m'essuie, on sonne à la porte. Évidemment, il fallait que ça tombe pile à cet instant. Nous sommes jeudi soir, il est 21 heures, ma mère est encore au travail pour une petite urgence (une de plus!) et mon père est à un gala de bienfaisance. Qui peut bien sonner à cette heure? Étant donné que je suis en robe de chambre, avec une serviette écarlate sur les cheveux, je parierais sur Arthur… J'ai l'art de toujours le rencontrer quand je suis à mon avantage! Je décide de ne pas aller répondre.

Mais à la porte, on s'acharne. La personne frappe maintenant très fort, puis sonne de nouveau. Visiblement, elle ne renoncera pas. Le téléphone se met à sonner aussi. C'est peut-être une urgence? Je descends l'escalier quatre à quatre et cours vers la porte. Mon premier sentiment: du soulagement. Ouf! Ce n'est pas Arthur! Mon deuxième: de la surprise. Car c'est Béa qui cogne ainsi à la porte avec énergie, son cellulaire à la main. J'ouvre aussitôt.

– Béa! Qu'est-ce que tu fais là?

Mon amie range son téléphone et s'engouffre dans la maison comme une tornade. Elle parle à toute vitesse, surexcitée.

– J'ai fini, Rosie! Il fallait absolument que je te voie! Je viens de terminer mon travail de français!

Bon.

Bravo.

C'est bien la première fois qu'un devoir la met dans un état pareil.

– Euh… c'est bien, Béa. Super. Juste à temps. Il faut le remettre demain matin…

– Je sais ! C'est pour ça que je suis venue. Je voulais que tu sois la première à le lire. Je voulais te le montrer avant de le donner au prof.

Elle me tend fièrement une pile de feuilles attachées ensemble. Je suis un peu étonnée… Oui, j'aime bien Barack Obama, mais de là à me faire lire le texte en priorité… Je jette un œil intrigué sur la page couverture.

Changer le monde un petit geste à la fois, par Béatrice Jobin

Béa sourit de toutes ses dents. Elle s'assoit à la table de la cuisine, m'incite d'un geste à poursuivre ma lecture. Je m'assois à mon tour. Ma serviette tombe sur le dossier de ma chaise. Je ne m'en occupe pas. Tant pis si j'ai les cheveux mouillés et emmêlés, j'ai plus important à faire en ce moment. Je tourne la page.

Introduction

Quand on pense aux gens qui changent le monde, des dizaines de noms connus nous viennent aussitôt à l'esprit... Des hommes qui ont fait des réformes importantes, des femmes qui ont consacré leur vie aux démunis, des hommes d'une générosité incroyable, des femmes d'une rare détermination... Pourtant, autour de nous, chaque jour, sans grands éclats, sans tambour ni trompette, des gens consacrent une large partie de leur temps à faire le bonheur des autres. Si tous agissaient ainsi, nul doute que la vie serait plus facile. Si chacun passait quelques heures de sa journée à faire le bien, il y aurait moins de violence, de conflits, de problèmes. Qu'une personne soit prête à aider les autres constamment, c'est déjà exceptionnel. Que cette personne ait seulement 17 ans, voilà qui est encore plus étonnant. C'est pourquoi j'ai choisi de vous parler, dans ce travail, de quelqu'un qui a à cœur de faire une différence dans l'existence des autres, mademoiselle Émilie-Rose Dubé.

J'arrête ma lecture, complètement sous le choc.

– Mais… mais voyons, Béa… ce n'est pas sérieux… Tu ne vas pas…

– Oh oui, je vais ! Et je suis vraiment très fière de moi. C'est mon meilleur travail à vie. Je ne veux pas me vanter, mais mon argumentation est excellente… Je pense que tu ne pourras plus jamais me dire que tu rêves de faire une différence un jour ! La preuve est là : tu en fais déjà toute une !

Je suis catastrophée. Mon amie va couler, par ma faute… L'enseignant a beau l'apprécier, il ne va quand même pas accepter ce sujet ! J'essaie de la raisonner.

– Béa… je suis très touchée. Tu es ma meilleure amie, je t'aime beaucoup, tu le sais, et tu m'aimes aussi… maïs je ne vois rien là pour justifier de m'avoir choisie, moi, comme sujet… Le prof va te tomber dessus !

J'essaie désespérément de trouver une solution. Il faut rendre ce travail demain. Nous n'aurons jamais le temps de tout recommencer. Tant pis, je lui refilerai ma recherche sur Rosa Parks...

– Tu n'as même pas regardé jusqu'à la fin, Rosie...

Béa insiste. Elle reprend son travail, le feuillette rapidement, me tend une feuille sur laquelle on peut lire, en grosses lettres, ANNEXES. Je tourne la page. J'y découvre avec surprise une feuille couverte de l'écriture de mon grand-père... Je la parcours rapidement. Tonio y raconte qu'il continue de garder son commerce grâce à moi, qu'il ne pourrait plus s'occuper de la librairie tout seul. Il raconte nos discussions, notre complicité. Il explique quelle différence je fais dans sa vie.

Je suis terriblement émue. Béa me fait signe de continuer. Je découvre une lettre de mon père. Une de ma mère. Une encore de Marjorie. Une des parents de Béa. Chacun explique de quelle façon je change la vie des autres, un petit geste à la fois. De grosses larmes d'émotion coulent sur mes joues. Je bredouille :

– C'est beaucoup trop...

Béa me tend délicatement un mouchoir :

– C'est amplement mérité, Super-Émilie-Rose !

J'arrive à la dernière page du travail de Béa. Un dessin plein de couleurs vives apparaît. On y voit une grande fille, une plus petite à ses côtés, et elles sont entourées de gros cœurs rouges et de poissons bleus. Dans le coin, une signature en lettres inégales. ALICE.

Ébranlée, je referme le travail d'une main tremblante. Je le remets à Béa.

– Merci... Je n'en reviens pas ! Je ne saurai jamais comment te remercier !

Mon amie soupire d'un air exaspéré.

– Rosie, tu n'as rien compris... C'est tout le contraire : c'est moi et tous ces gens qui avons envie de te dire merci !

Il se fait tard et Béa doit rentrer. Je comprends, maintenant. Pourquoi Béa était chez Marjorie. Ses chuchotements avec mon grand-père et mes parents. Son refus de travailler avec moi. J'espère qu'un jour j'aurai un travail à faire sur le thème : « La meilleure amie au monde... » Le sujet ne sera pas difficile à trouver !

Chapitre 16

Décidément, je me trouve privilégiée. Je pousse un soupir de contentement en déposant mon sac d'école dans la cuisine. C'est vendredi, j'ai la meilleure amie au monde et un entourage assez formidable merci! Ce n'est pas tout: le prof nous a donné la note de notre travail de français remis la semaine dernière... et j'ai eu un A! Il a adoré Rosa! Et Béa n'a pas échoué... même qu'elle a eu un B! Je suis soulagée. Que demander de plus?

Bien sûr, je pourrais avoir un look toujours impeccable, comme une vendeuse dans une boutique. Mais ça se travaille, sûrement? Peut-être que je m'améliorerai en vieillissant, qui sait... Bon, j'avoue, je pourrais aussi être un peu moins maladroite. Et un peu plus douée avec les poissons. Mais c'est somme toute mineur. Et puis… Et puis, je pourrais avoir un chum. Un premier *vrai* amoureux.

La sonnerie de la porte me fait sursauter et me tire de mes pensées. J'ouvre. J'en perds presque le souffle : Arthur me sourit. Ce n'est pas un signe, ça ? La malédiction serait-elle terminée ? Je remercie le ciel en silence. Je salue Arthur. Je n'en reviens pas. À l'heure qu'il est, je n'ai pas de masque vert. Pas de tresses hirsutes. Je ne suis pas à quatre pattes. Je n'ai rien dans la bouche. Rien de dégoulinant collé sur l'épaule. Je me trouve même plutôt bien. Je porte mon chandail préféré. Je regarde mes pieds : mon jean est long et recouvre mes bas. Je tire tout de même un peu sur mon pantalon, juste pour vérifier. J'ai de jolies chaussettes noires, avec de petits motifs, assorties l'une à l'autre et parfaitement ajustées sur mes jambes. Tout va bien. Pas de miettes de millefeuille ni de traces de chocolat chaud non plus. Rien de ridicule dans ma position pour le moment et, pourtant, Arthur est là, juste devant moi. Je suis sous le choc. Encore plus quand le charmant voisin déclare :

– Salut, Émilie-Rose! Je voulais te dire…

Il semble un peu nerveux. Finalement, il inspire profondément et se lance:

– Ton amie Béa m'avait demandé d'écrire un mot sur toi pour son travail de français. J'ai… j'ai refusé.

J'ai l'impression que le sol s'écroule sous mes pieds. J'aurais dû m'en douter. Je savais bien que c'était trop beau. Il n'a pas voulu… Parce qu'il me trouve ordinaire, sans doute. J'espère qu'il ne s'est pas trop moqué de Béa, au moins. Quelle idée, aussi, de me prendre comme sujet! Arthur doit sentir mon désarroi… Mon désarroi? Je suis bien polie! Qu'est-ce que je dis là? Soyons plus précise. Arthur doit sentir ma panique, donc, car il s'empresse d'ajouter:

– On ne se connaît pas encore beaucoup tous les deux et je n'aurais pas trop osé me livrer sur une feuille que tout le monde va lire ensuite. J'avais en effet envie de te dire quelque chose, mais j'ai préféré venir te parler directement…

Ouf! J'ai l'impression de me remettre à respirer après une immersion de quatre minutes! Ce n'était pas parce qu'il trouvait l'idée mauvaise, alors? Nerveuse, je n'arrive pas à dire un mot. Je me contente de le regarder.

– Ce que je voulais te dire, c'est que... je trouve que tu es unique. Je ne connais personne comme toi. Tu es sympathique. Et assez intrigante, je l'avoue. Et puis, amusante, aussi. Et... bref, tu me plais beaucoup.

Je rougis. Soyons honnête: je deviens phosphorescente. «Rouge écarlate». Ou «rouge passion»...

– Je suis sûr que tu fais une différence dans la vie de beaucoup de gens. Pour que ton amie ait eu l'idée de faire un travail sur toi, il faut quand même que tu sois assez exceptionnelle. Je le pensais déjà, et je ne demande qu'à mieux te connaître. J'aimerais bien que tu fasses une différence dans ma vie aussi. Alors, je me demandais si tu voulais...

Il s'interrompt, se tord les mains un peu. Je ne suis pas la seule à être stressée, je crois! Enfin, Arthur complète sa demande d'un seul trait, sans reprendre son souffle, d'une voix qu'il tente de rendre confiante:

– Voilà: je me demandais, Émilie-Rose, si tu accepterais de m'accompagner à mon bal de finissants, qui a lieu le 25 juin prochain.

Mon cœur se met à faire des bonds. Je meurs d'envie de dire oui, évidemment. Mais je me connais trop bien. J'ai le chic pour me mettre dans l'embarras. Mon esprit s'emballe. Je m'imagine entrer dans la grande salle de bal richement décorée... et trébucher dès le premier pas dans ma robe trop longue. Je me vois clairement lever un verre de vin rouge pour porter un toast... et le renverser sur la chemise blanche d'Arthur. Je m'imagine aussi...

Et puis non.

J'arrête d'imaginer. Je regarde Arthur, devant moi, son regard sombre, troublant, son attitude décidée, son petit air de Taylor-Lautner-mais-en-mille-fois-mieux.

Je décide de cesser de m'en faire. Je choisis de faire confiance à la vie. Après tout, jusqu'ici, elle a été plutôt bonne pour moi. J'accepte. On verra bien ce qui arrivera.

Je lui adresse mon plus grand sourire et je lance d'une voix sûre et forte :

– Oui.

Il sourit.

Je rougis.

Rouge espoir.

Pour en apprendre un peu plus sur Rosa Parks...

À entendre

Sur le Web : une entrevue avec Rosa Parks, quatre mois après son refus de laisser son siège d'autobus, à Montgomery, Alabama. Vous pouvez entendre l'entrevue de 12:39 à 18:50. http://kiosquemedias.wordpress.com/2011/02/14/histoire-des-noirs/

À voir

Sur DVD : *The Rosa Parks Story*, 2002, un film de Julie Dash mettant en vedette Angela Bassett et Peter Francis James.

À lire

Rosa Parks : A Life, par Douglas G. Brinkley, Penguin Books, 2005, 256 pages.

Rosa Parks, la femme qui a changé l'Amérique, par Éric Simard, Oskar Poche, 149 pages.

Rosa Parks : My Story, par Rosa Parks et Jim Haskins, Puffin, 1999, 208 pages.

Rosa Parks : Non à la discrimination raciale, par Nimrod, Actes Sud Junior, 2008, 93 pages.

Émilie-Rose

Auteure : Martine Latulippe

1. Le voisin, Rosa, les poissons et moi